睦月影郎

みだら女剣士

実業之日本社

実業之日本社文庫

みだら女剣士　目次

みだら女剣士

第一章　甦った女剣士の欲望

1

（ああ、懐かしい。でも良い思い出がない……）

治郎《じろう》は、五年ぶりに道場内を見回しながら思った。

まあ、再び剣道をさせられるわけではなく、今回は合宿の手伝いのためバイトに来ただけである。

まして、ここの一人娘、安奈《あんな》の通う女子大の剣道部だから女子ばかりで、それでバイトをＯＫしたのだった。

大原《おおはら》治郎は二十三歳、大学を出たものの就職浪人でフリーターをしていた。

ここは北関東にある中規模都市、さらに繁華街を外れた山間《やまあい》に、この民宿、高《たか》井《い》荘があった。

今は亡き先代当主が剣道自慢で、民宿に剣道場を建て、遠縁に当たる治郎も自転車で小学生の頃から剣道に通わされていたのだ。

しかし彼は元々小柄で色白、運動は苦手で、絵を描いたり本を読んだりする方が好きで、運動会の駆けっこなどビリ以外になったことがなかった。

それでも身体を鍛えるためと親から強制され、サボりながらも何とか週一回は通ったものの、何ども辞めたいと言い続けていた。

何しろ、暑苦しい面小手を着け、荒っぽいことなど苦手なのに、ひたすら叩《たた》かれに通ったのである。

とにかく初段を取ったら辞めて良いと師範に言われ、何度も昇段審査に落ち、ようやく初段を取ったのが高校二年の時だった。

有段者になったからといって続ける気など湧かず、折しも大学受験に専念する時期だったから道場に通うのを止めた。

大学は国文で、都内に出て一人暮らし、もう剣道をしていたことなども忘れ、作家になりたくて投稿を続けていた。

しかし卒業するまで芽は出ず、せめて出版社に入りたいと思ったが叶《かな》わず、故郷へ帰ってフリーターをしながら投稿小説に取り組んでいた。

会社員の父親も、一人息子の治郎の夢を尊重し黙認してくれていたが、二十五歳までに何とかならなければ、どこかへ就職するという約束をしていた。

もともとインドアの空想派で、あまり社交的ではない治郎は恋人を持った経験もなかった。

しかし素人童貞ではあるが、風俗には思い切って一回だけ行って筆下ろししたものの、あまりに事務的な味気なさに、それに金もないので病みつきになることはなかった。

それでも性欲だけは旺盛で、日に二回三回とオナニーしないと落ち着かなかったのである。

とにかく彼は、五年ぶりに高井荘へ来た。

民宿は細々としたもので、先代が亡くなってからは剣道場も閉め、道場は客が卓球をしたり団体客の宴会場などに使われていた。

それが今回、一人娘の安奈の大学の剣道部で、夏休みの合宿に使いたいということで道場が使用できるように片付けた。

道場としては狭く、せいぜい三組が稽古するのが精一杯であるが、今回は選手だけの特訓ということで高井家も承知したのである。

「治郎さん、お部屋はここを使って」

久々に道場を見ていた治郎は、安奈の母親、奈津子《なつこ》に声をかけられ、一緒に道場を出た。

奈津子は三十九歳、彼女は剣道とは縁もないが、小学生の頃から通っていた治郎は、当時若妻だった彼女に憧れ、中学生になってからは何かと奈津子の面影で妄想オナニーに耽《ふけ》ったものだった。

もちろん今も美しく熟れ、巨乳で顔立ちは整い、治郎は久々の再会に胸をときめかせた。

彼女の夫である正男《まさお》も今は剣道はしておらず調理人をしているが、夏とはいえ観光地もない土地では民宿が暇なので、町のレストランに勤務していた。

奈津子から漂う甘い匂いを追いながら治郎が案内されたのは、道場と母屋の間にある小部屋である。

そこは、先代の師範が使用していた私室らしい。八畳一間に本棚と布団、壁には先代の、剣道と居合道ともに教士七段の免状が飾られていた。

「じゃ明日からバイトお願いね。もうすぐお夕食だから来て」

奈津子は言い、また彼は一緒に部屋を出て母屋へと移動した。

民宿の方は、二階に六畳間が三部屋、階下は広いリビングにバストイレ、そして奥が母屋になっていた。

治郎は、動きやすいようにジャージ姿で、持ってきた荷も僅かな着替えと洗面用具ぐらいのものだった。

もっとも自転車で十分ほどの距離に実家があるから、何か必要なものがあれば戻って取りに行ける。

「剣道部の人たちは明日の朝に来るわ。コーチが一人に、あとは上級生が二人と私だけ」

すでに食卓に就いていた安奈が言う。

まだ誕生日前の十八歳で、笑窪《えくぼ》と八重歯が愛らしい美少女である。

最後に稽古で会ったのが五、六年前だから、まだ安奈も中学生だった。

治郎はすっかり胸も膨らみはじめ、母親に似て美しく成長した安奈に胸を熱くさせた。

「ずいぶん少ないんだね」

「ええ、来月試合に出る三人だけの強化特訓なの」

つぶらな目をした安奈が、可憐《かれん》な声で答えた。こんな美少女でも、剣道二段を取ったばかりである。

やがて奈津子が夕食の料理をテーブルに運び、安奈も手伝った。

正男はまだ帰宅前で、今回は合宿も少人数だから、調理には加わらず働きに出るらしい。

治郎の父親と正男が従兄弟同士だから、もう治郎と母娘とはほとんど他人と同じである。だから治郎も美しい母娘との夕食は、かなり緊張して喉に詰めそうになってしまった。

ビールを出されたが彼はあまり飲めないので、奈津子と分けながら何とかビール一本を空にさせた。

「ね、治郎さんも初段を持っているんだから一緒に稽古しない？」

安奈が無邪気に言ってきた。

「と、とんでもない。もう五年もブランクがあるし、邪魔になるからね」

「でも、男性がいた方がみんなヤル気が出るんじゃないかしら。いつも大学では女子ばかりしかいないので」

安奈は言ったが、自分など男のうちに入らないだろうと治郎は思った。

それに力が必要な柔道などと違い、男が有利というわけにいかず、まして子供の頃から毎日稽古してきた連中に敵《かな》うはずもなく、彼が参加しても彼女たちには何のプラスにもならないだろう。

やがて夕食を終えると、治郎は風呂に入った。客用の広いバスルームで、彼はゆったり使ってから身体を流した。

脱衣場には洗濯機もあるが、残念ながら奈津子や安奈の下着などはなく空っぽだった。

それでも久々に美しい母娘を見て、すっかり股間は熱くなっていた。

道場脇の小部屋に戻ると、もう母屋へ行く用もない。トイレは母屋まで行かなくても、門弟用のトイレが隣にあった。もちろん今は改築され、洋式のシャワートイレになっている。

治郎はジャージ上下を脱いで、Tシャツと短パンになり、とにかくオナニーしてしまおうと思った。

ザーメンを拭いたティッシュをクズ籠に捨てると、奈津子が掃除に来て気づかれるといけないのでトイレに流せば良いだろう。

彼は、本格的なオナニーを開始する前に先代の本棚を見てみたが、もちろんエロ本などはあるはずもなく、大部分が武道や江戸時代に関する資料本ばかりであった。

と、中に古びた木箱があり、ふと気になって取り出してみた。

箱の表には、小夜遺品と墨書されている。

開けて見ると、紙縒《こよ》りに結ばれた黒髪の束があった。

（うわ、気味が悪い……）

触れてしまった治郎は、慌てて髪を箱に戻し元の場所に入れた。

そういえば、先代から聞いたことがあった。幕末に高井小夜《さよ》という見目麗しい女武者がいて、若くして彰義隊に参加し、上野戦争で壮絶な戦死を遂げたということである。

その小夜の遺髪を、子孫である先代は大切に保管していたのだろう。

気を取り直し、治郎は短パンと下着も脱ぎ去って下半身を露出させると、敷かれた布団に座った。

そして母娘の美しい顔を思い浮かべると、すぐにもペニスはムクムクと雄々しく勃起してきた。

（安奈は、女子高出身だから、まだ処女だろうな。いや、その前に奈津子さんみたいに熟れた人に手ほどきを受けたい……）

あれこれ思いながらペニスをしごきはじめると、違和感を覚え、ふと手を見ると指に長い黒髪が一本からみついているではないか。

「ひいいいい……！」

治郎は声を上げ、慌てて髪の毛を振り払った。

するとそのとき、異変が起きたのである。

2

「え……？　な、なんだ……？」

治郎は目を凝らし、声に出して言った。

黒髪を振り払った方に、何やら白いものがぼうっと浮かび上がり、徐々に形を取っていったのだ。

それはやがて、長い黒髪をして白い着物を着た、若い女の姿になっていったのである。

「うわ……！」

治郎は息を呑《の》んで腰を抜かしそうになり、後ずさりしようにも身体が硬直して動かなかった。

夢や幻でない証拠に、女は彼の方を見て不思議そうに小首を傾《かし》げ、さらにそろそろと近づいてきたのである。

「あなたは誰……、私は小夜……」

彼女が口を開き、それは治郎の耳にもはっきり聞こえた。

「さ、小夜さん……？　彰義隊の……」

治郎は声を震わせ、会話が通じることで、少しだけ落ち着いてきた。それは小夜があまりに美しいからだろう。

「ああ、私を知っている人がいた……」

小夜は、微《かす》かに笑みを浮かべ、あらためて自分の長い黒髪や白い着物を見た。

「髪が下ろされ、これは死に装束……？　そうか、私は胸を撃たれて死んだのだったか。私は、幽霊……？」

「そ、そのようです……。僕は、この高井家の縁者で大原治郎」

治郎は名乗った。

どうやら小夜も、彰義隊に参加したときの髪を束ね、甲冑《かっちゅう》を身に着けて帯刀していた衣装でなく、銃弾を受けて死んだという彼女を、誰かが綺麗にして白装束を着せて葬り、今の小夜はそのときの姿で出てきたようだった。

「ああ、ずいぶん長いこと眠っていたような……。あれから彰義隊はどうなりました。あなたも高井家の縁者なら幕臣ですか」

小夜が訊《き》く。

「い、いいえ、もう長い年月が経ちましたので……」

「今は何年の何月なのです」

「令和二年の八月頭です」

「れいわ？　それは慶応の次ですか」

「ま、待って……」

治郎は言い、すっかり小夜との会話に違和感を感じなくなり、本棚から幕末史の本を出して開いた。

「上野戦争が終わったのが、慶応四年の五月。その九月には元号が明治と変わったので、えと、小夜さんの生まれは？」

「私は嘉永《かえい》三年、庚戌《かのえいぬ》の生まれです。彰義隊参加は十九の時」

嘉永三年というと、ペリーが来る三年ほど前だ。治郎は本を見ながら調べて計算し、小夜が死んだのは十九と言うが、それは数え年なので、実際は満十八歳の姿らしい。

「そう、上野戦争で小夜さんが亡くなってから、もう百五十二年が経ちました」

治郎は、不思議な気持ちに包まれながら言った。小夜が生きていれば、百七十歳ということになる。

「ひゃ、百五十年以上も眠っていた……？」

小夜は息を呑み、室内を見回した。特に、天井の蛍光灯が珍しいようで眩《まぶ》しげに見上げていた。

「わ、私は、女だてらに剣術道場に通い、とにかく戦うことに強い憧れを覚えていた……」

小夜が、独りごちながら気持ちと記憶を整理するように言った。

御家人だった高井家は神田に拝領屋敷があり、小夜は近くにあった北辰一刀流の道場に男衆の姿で通っていた。

天賦の才があって腕を上げ、折しも新政府軍が押し寄せてきたので、江戸を守るため彰義隊に参加したのである。

「ああ、胸に痛みを覚えたが、それからは何も覚えていないので、そのとき死んだのだろう。今は痛みも苦しみもない。これが砲弾でも受けて死んだのなら、こんな元の姿で甦《よみがえ》らなかったかも……」

確かに、粉砕された姿で現れたら、治郎の方がショック死してしまったかも知れない。

「望むまま戦いで死んだのだから悔いはない。ただ一つのことを除いて」

「ただ一つのこと……？」

治郎は聞き返し、小夜の熱い視線が、彼の丸出しの下半身に向けられていることに気づいた。

「うわ、失礼……」

ペニスはすっかり萎縮しているが、彼は慌てて股間を隠した。

「そう、悔いとは、男を知らなかったこと。その思いが残り、あなたに呼び出されたのでしょう」

彼女が言う。どうやら治郎が遺髪に触れたことで小夜は眠りから覚め、まして遠いとはいえ縁者なので、すんなりと姿を現して会話できるようになったのかも知れない。

そして小夜は性への欲求や好奇心を抱えたまま、清い身体で死んだのだった。

「見たい……」

彼女が言ってにじり寄り、治郎は圧倒されるようにそのまま布団に仰向《あおむ》けになってしまった。

「これが、男のもの……。何と小さな、でも張り型に似た形……」

小夜が股間に顔を寄せ、萎えているペニスに熱い視線を注いで言った。

「張り型……?」

「こっそり四ツ目屋で買ったものを、何度か使って気を遣《や》ったことがある」

小夜が言った。あとで聞くと、四ツ目屋というのは江戸時代に両国にあった性具を取り扱う店だったようだ。

張り型とはペニスを模した木製の性具で、それで小夜は男を思いながら濡《ぬ》らして挿入オナニーをしていたらしい。

また性への好奇心も大きいらしく、春画なども見ていたようだ。

誇張して描かれた春画のペニスや、オナニーに使う張り型を思い出し、それで萎えたペニスを小さいと思ったのだろう。

すると、小夜はそろそろと彼の股間に手を伸ばしてきた。

しかし指先は彼の肌を透けて、触れることは出来なかった。

「ああ、見るだけで、触れられないのか……」

小夜が嘆いて言った。実体がないから、こうして姿を見て会話は出来るが、触れ合うことは出来ないのだった。

それは治郎も残念に思ったが、美女の顔が股間に迫って熱い視線を注がれるだけで、ムクムクと勃起しはじめてしまった。

それに、こんなに長く女性と話すことなど初めてなのだ。しかも下半身が丸出しなのである。

「あ、大きく……、私に淫気を……？」

小夜が目を輝かせ、鎌首を持ち上げるペニスと彼の表情を交互に見た。

「そ、それは美しい人に見られるだけで感じますからね……」

「こんな男勝りの私が美しい？　そんなことを言われたのは初めて」

小夜が、嬉《うれ》しげにほんのり頰を染めて言った。

眉が濃く目は切れ長、唇も赤く形良かった。

「ね、小夜さんは脱げないの？」

治郎も、いつしかすっかりピンピンに勃起しながら言ってみた。

肌を重ねるセックスは無理でも、乳房や割れ目を見せてもらいながらオナニーしたいと思ったのだ。

「ああ、脱げない。死に装束の全てが私の身体のようだ……」

帯を解こうとしたが無理で、彼女も言いながら胸をはだけ裾をめくろうとしたが、着物は肌と一体化しているようだった。

だから見えるのは顔と手、僅かに足首から下の素足だけのようだ。

そして触れてもらえず、息すらかけてもらえないのである。

治郎が彼女から得られるのは視覚と聴覚のみ、味覚と嗅覚と触覚は味わえないのだった。

「そ、それなら、せめて舐《な》める真似《まね》をして」

「一物を？　触れられなくて良いなら」

思いきって言ってみると、小夜も答えてすっかり勃起したペニスに顔を寄せ、舌を伸ばしてチロチロ舐めるふりをしてくれた。

剣術自慢の女武者でも、あまりに好奇心が絶大だったから、こうした行為に抵抗は湧かないらしい。

「アア、本当に舐められてるみたいだ……」

治郎は幹をしごきながら、美しい女の顔が股間にあり、舌を伸ばしているというだけで高まってきてしまった。

そのうちに、舌のヌメリや熱い息まで感じられるような錯覚にすら陥っていったのである。

彼は激しく右手を動かし、ジワジワと絶頂を迫らせていったのだった。

3

「い、いきそう……、顔をこっちに寄せて、キスするように……」

治郎は高まりながら言った。仰向けで絶頂が迫ると身体が反り、あまり股間にいる小夜の顔が見えないのだ。

それに素人童貞の彼にとっては、淫らなフェラよりキスにこそ強い憧れがあったのである。

「キスとは……？」

「あ、なんて言うんだろう。接吻《せっぷん》、口づけ、口吸いで分かるかな……」

彼が答えると、小夜も素直に移動して添い寝し、顔を寄せてきてくれた。

長い黒髪がサラリと流れ、小夜は彼に腕枕でもするようにして、整った顔を迫らせてくると、

「ああ、なんて美しい……」

治郎はうっとりと見上げながら、まるで温《ぬく》もりや匂いまで感じるように激しく高まった。

小夜も唇を重ねようとしたが、触れすぎると透けるように中に融合した。

だから彼女も、触れるか触れないかという距離で治郎を見つめた。小夜にしても、こんなに近くで男の顔を見るのは初めてなのだろう。

彼が舌を伸ばすと、小夜も舐め合うように舌を出してチロチロと動かしてくれたのだ。

こうした行為に彼女も相当興奮を高めているように熱く息を弾ませたが、気体の流れも匂いも伝わってこなかった。

それでも治郎は、美しい顔を間近に見ているだけで、グラビアアイドルの顔を見て抜くとき以上の快感に貫かれてしまった。

「い、いく、気持ちいい……、アアッ……!」

激しく右手を動かしながら声を上げ、彼は激しく昇り詰めた。

同時に熱い大量のザーメンがドクンドクンと勢いよくほとばしると、

「ああ、何と心地よい……！」

小夜も一緒になって声を洩らし、ガクガクと狂おしく身悶《みもだ》えはじめたのだ。

どうやら重なり合っている部分から、彼の快感が小夜にも全て伝わったようである。

彼も最初は恐ろしかったが、今はすっかり小夜と親しくなった気持ちになり、通常の妄想オナニー以上の快感が得られた。

心ゆくまで夢のような快感を嚙《か》み締め、最後の一滴まで出し尽くして動きを弱めていくと、

「アア……」

小夜も満足したように声を洩らし、グッタリするように力を抜いていった。

匂いや感触が味わえないのは物足りないが、治郎は身を投げ出し、荒い呼吸を繰り返して余韻を味わった。

「これが、男が気を遣る心地よさか……、何と、すぐ済んで力が抜ける……」

小夜も荒い息遣いで感想を述べた。

「は、張り型はもっと気持ち良かった……？」

治郎は呼吸を整え、身を起こしてティッシュを手にし、股間を拭きながら訊いてみた。

「それは心地よい。オサネをいじりながら張り型を出し入れさせると、何度でも波が押し寄せるように気を遣れる」

小夜も、身を離しながら答えた。

してみると処女でありながら、充分すぎるほど快感を知っているようで、それなら実際にしてみたいのも無理はない。道場など通わず、普通の娘の暮らしをすれば良かったと思うが、これも彼女の人生であり、そもそも百五十年以上も前のことを言っても仕方がなかった。

「もっとも、男は常に戦いに備えるのだから、長いこと快楽に惚《ほう》けているわけにゆかぬか」

彼女が言い、治郎もいったん身を起こして身繕いをした。

まだ夜は早い。通常でも複数回抜くのだし、今夜は美しい小夜がいるのだから寝しなにもう一回しようと思い、まずは休憩した。

そして小夜にせがまれるまま、上野戦争以降のことを色々と順を追って話してやった。

新政府軍の薩長が政権を取り、徳川将軍に代わり天皇が仰がれ、数々の対外戦争など。話のたびに小夜は憤り、時に熱く反応した。

そして戦もなくなった戦後、武家も町人もなく、みな自由に仕事を選べ、上に立つものは選挙で決められ、文明の進歩とともに暮らしや移動手段も格段に変化したことなどを話した。

「この灯《あか》りも？」

「ああ、エレキテルの応用で、夜も明るいんだ。風呂もボタン一つで沸かせるし、空を飛ぶ機械で蝦夷《えぞ》でも琉球《りゅうきゅう》でも月でもすぐ行かれる」

「つ、月など行って何をするのか……」

「色々な学問のためだよ」

「誰も、髷《まげ》も結わず、どんな服装を……？」

小夜が言うので、治郎はスマホを点《つ》けて様々な映像を見せてやった。

「ひい……！」

彼女は動画に驚き、それでも元々聡明な子だったか、教えたことはどんどん吸収していった。

もう十時を回り、山間のため車の音も聞こえなかった。

母屋では正男も帰宅したようだが、みな順々に風呂を終えると各部屋で休みはじめたようだ。

「そうか……！」

と、小夜がいきなり膝を打って言ったが、もちろん膝を叩く音はしない。

「なに？」

「このままではあなたと触れ合えないけれど、私が誰か女に乗り移れば、その身体が感じる快楽を私も得られる」

「そ、それは……」

治郎も名案と思ったが、さすがに気が引けた。

「私は得てみたい。さっきの男の快楽ではなく、女の悦《よろこ》びを。この家に女は？」

「い、いるけど……」

「どんな女？」

「三十九歳と、十八の少女の母娘……」

「そう、恐らく少女は私の弟が継いだ子孫だろう。年格好も近いので味わいたいが、血筋となると気の毒な気もする。嫁してきた母親なら構わないだろう」

小夜が言い、熱い期待に目をキラキラさせた。

やはり、さっき得た男の絶頂では物足りなかったようだ。

「乗り移るって、彼女の記憶も無くなるの？」

「いや、その女の持つ淫気を私の力で増させて操る。本人は、自分の気持ちで行うと思うだろう」

（あとは、私とあなた、治郎殿は心の中で話すように）

途中から小夜は、声ではなく心の中に語りかけてきた。

（い、淫気を増させるって、全くなかったら？）

（そのときは諦める。でも、きっと必ず淫気はあるはず）

小夜は言うなり立ち上がり、襖《ふすま》も開けずに部屋を出て行ってしまった。

（ど、どうなるんだろう……）

ためらいはあるが、やはり治郎も熱烈に奈津子とセックスしたかった。

それに抜いたばかりだが、もう一回抜くつもりで、心身の準備も整っているのである。

何しろ、幕末の美人幽霊が現れたのだから、それに比べれば、生身の奈津子と懇ろになるのは遥《はる》かに現実的だと思った。

やがて廊下に軽い足音が聞こえて近づき、そっと襖がノックされた。

「まだ起きている？　治郎さん……」

「はい、どうぞ」

奈津子の声に答えると、襖が開いてパジャマ姿の彼女が入って来た。

本当に来たと思い、治郎は激しく舞い上がって胸を高鳴らせた。

「私、どうして来ちゃったのか自分でもよく分からないのだけど、どうにも我慢できなくて……」

奈津子が座って言い、湿った髪を下ろして熱っぽい眼差《まなざ》しを彼に向けた。

「お、小父《おじ》さんは大丈夫なんですか……？」

「もう長いこと寝室は別だし、疲れて寝ちゃったわ。安奈も、明日からの合宿に備えて早寝しているから大丈夫」

奈津子が言い、湯上がりの甘ったるい匂いを生ぬるく揺らめかせた。

「治郎さんは、彼女はいるの？」

「い、いません。今まで一度も……」

「でも、若いのだから欲望は大きいでしょう？　嫌でなかったら、私とお願い」

「い、嫌じゃないです。前から奈津子さんのことが好きだったから……」

熱くせがまれ、治郎も夢中で答えていた。

もう、さっきの射精などなかったように股間を熱くすると、あとは互いの淫気が激しく伝わり合うようだった。

「本当なら嬉しいわ。じゃ、脱ぎましょうね……」

奈津子が言ってためらいなくパジャマを脱ぎはじめると、治郎も手早く全裸になっていった。

4

「アア、嬉しい。夢のようだわ……」

たちまち一糸まとわぬ姿になった奈津子が、布団に仰向けになり、熟れ肌を投げ出して言った。

治郎も全裸になり、ときめきながら息づく巨乳を見下ろすと、そのまま吸い寄せられるように顔を埋め込んでいった。

チュッと乳首に吸い付いて舌で転がし、顔中を押し付けて柔らかな感触を味わうと、

「アアッ……！」

（ああっ……！）

奈津子と小夜が同時に喘《あえ》ぎ、下から両手で彼の顔を抱きすくめてきた。

治郎は顔中が搗《つ》きたての餅のように豊満で柔らかな膨らみに埋まり込み、心地よい窒息感に噎《む》せ返った。

もう片方の膨らみを探ると、彼女が悶えながら手を緩め、彼も左右の乳首を交互に含んで舐め回すことが出来た。

透けるように白い肌は実に滑らかで、両の乳首を充分に味わうと、彼は奈津子の腕を差し上げ、腋《わき》の下にも鼻を埋め込んで嗅いだ。

そこには何と、色っぽい腋毛が煙っていたのである。

ケアしていないのは、それだけ夫婦生活も疎くなり、ジムにも通っていない証《あか》しなのだろう。正男が、伸ばせという趣味でないことは寝室が別ということで分かる。

鼻を擦《こす》りつけて嗅いでも、彼女本来の甘ったるい体臭は実に淡く、大部分は生ぬるい湯上がりの匂いであった。

（洗い流す前の匂いを嗅ぎたい……）

彼はそう思いながら、さらに滑らかな肌を舐め降りていった。

腹まで来ると形良い臍《へそ》を探り、ピンと張り詰めた下腹に顔中を押し付けると、何とも心地よい弾力が返ってきた。

豊満な腰のラインから脚を舐め降りていくと、どこもスベスベの感触だった。

本当は早く股間を舐めたいが、それをするとすぐ入れたくなり、あっという間に終わってしまうだろう。

せっかく美女が身を投げ出しているのだし、さっき射精したばかりなのだから、彼は初めての素人女性、しかも長年憧れてきた美熟女の肉体を隅々まで味わうことにした。

ムチムチと肉づきの良い脚を舐め降りていくと、彼女は拒まずじっと身を投げ出しながら荒い息遣いを繰り返していた。

脛《すね》にはまばらな体毛があり、それも野趣溢《あふ》れる魅力と、美しい顔とのギャップ萌《も》えを彼は感じた。

足首まで下りて足裏に回り込み、踵《かかと》と土踏まずを舐めながら、形良く揃《そろ》った指の間に鼻を割り込ませて嗅いだが、微かに蒸れているだけで特に濃い匂いは感じられず残念だった。

それでも爪先にしゃぶり付き、順々に指の股に舌を潜り込ませて味わうと、

「あう、ダメ、汚いわ……」

（そ、そんなところを舐めるなど……）

奈津子と小夜の声が、耳と心に響いてきた。

やがて両足とも貪り尽くすと、彼は奈津子を大股開きにさせ、脚の内側を舐め上げていった。

白くムッチリとした内腿《うちもも》をたどり、熱気と湿り気の籠もる股間に迫り、彼はようやく美女の秘部に辿《たど》り着いた感激の中で目を凝らした。

ふっくらした丘には黒々と艶のある恥毛が意外に濃く茂り、肉づきが良く丸みを帯びた割れ目からは、ピンクの花びらがはみ出していた。

そっと指を当てて陰唇を左右に広げると、微かにクチュッと湿った音がして中身が丸見えになった。

かつて安奈が産まれ出てきた膣口《ちつこう》は、花弁状に襞《ひだ》を入り組ませ、ヌメヌメと潤いながら妖しく息づいていた。

ポツンとした小さな尿道口もはっきり確認でき、包皮の下からは真珠色の光沢を放つクリトリスが、小指の先ほどの大きさでツンと突き立っていた。

「アア、そんなに見ないで……」

奈津子が、股間に彼の熱い視線と息を感じ、白い下腹をヒクヒクと波打たせて喘いだ。

もう堪《たま》らずに顔を埋め込み、柔らかな恥毛に鼻を擦りつけて嗅いだが、やはり微かに蒸れた湯上がりの匂いがするだけだった。

それでも熱気と湿り気を吸い込んで鼻腔を満たしながら、舌を挿し入れて蠢《うごめ》かすと、淡い酸味のヌメリが迎えた。

膣口の襞をクチュクチュ搔《か》き回すと、新たに溢れる愛液が舌の動きを滑らかにさせた。味わいながらゆっくりクリトリスまで舐め上げていくと、

「アアッ……！」

（ああっ……！）

奈津子と小夜が同時に喘ぎ、奈津子は内腿でキュッときつく彼の両頰を挟み付けてきた。

治郎も豊満な腰を抱え込んで押さえ付け、チロチロと執拗《しつよう》にクリトリスを舐め回すと、新たな愛液がトロトロと溢れ、彼女は少しもじっとしていられないように悶え続けた。彼は自分のような未熟な愛撫《あいぶ》で、大人の女性が感じてくれることは何とも嬉しく、誇らしい気がした。

（ぶ、武士が女の股を舐めるなんて……）

小夜は、自分のモラルの中で声を洩らしたが、その快感にすっかり夢中になっているようだった。

やがて充分に味わってから治郎は顔を離し、奈津子の両脚を浮かせて、逆ハート型の豊かな尻に迫った。谷間には薄桃色の可憐な蕾《つぼみ》がひっそり閉じられ、恥じらうように細かな襞を収縮させていた。

鼻を埋めると、やはり蒸れた熱気が籠もるだけで、特に匂いはなく物足りないが、顔中に密着する双丘の弾力が実に心地よかった。

舌先でチロチロ舐め回し、震える襞を濡らしてヌルッと潜り込ませ、滑らかな粘膜を探ると、

「あう、ダメ……」

（な、何をする……、アア……）

二人が声を洩らし、奈津子は肛門でキュッと彼の舌先を締め付けてきた。

治郎が中で舌を蠢かせて粘膜を味わうと、鼻先にある割れ目からはさらに大量の愛液が漏れてきた。

脚を下ろしてそれを掬《すく》い取り、再びクリトリスに吸い付くと、

「も、もうダメ、いきそうよ。今度は私が……」

奈津子が言って身を起こし、彼の顔を股間から追い出しにかかった。

治郎も這《は》い出して仰向けになると、入れ替わりに彼女が上になり、すっかり勃起しているペニスに迫ってきた。

彼女は肉棒の裏側を慈しむようにゆっくり舐め上げ、指先は陰嚢《いんのう》をくすぐっていた。

先端までくると彼女は粘液の滲《にじ》む尿道口をチロチロと舐め回し、張り詰めた亀頭にもしゃぶり付いてきた。そのままモグモグとたぐるように喉の奥まで呑み込んでいくと、

「ンン……」

熱い鼻息で恥毛をそよがせ、彼女は幹を丸く締め付けて吸い、口の中ではクチュクチュと満遍なく舌をからめ、肉棒全体を生温かな唾液にどっぷりと浸してくれた。

(アア、これが男のもの……、嚙み切って食べてしまいたい……)

小夜が言い、一物をしゃぶるのは嫌ではないらしく、夢中で貪る奈津子と心を一致させているようだった。

さらに奈津子は顔を小刻みに上下させ、濡れた口でスポスポと強烈な摩擦を繰り返しはじめたのだ。

「ああ、気持ちいい……」

治郎は激しい快感に身悶え、急激に絶頂を迫らせていった。

このまま口に出してしまうのも魅力だが、やはりここは小夜のためというより彼自身が一つになりたかった。

「い、いきそう、跨《また》いで入れて下さい……」

彼が口走ると、奈津子がスポンと口を引き離して顔を上げた。

「私が上？」

「お願いします……」

ためらいがちに彼女が言うと、治郎は仰向けのまま懇願した。

唯一の風俗体験では正常位だったが、黙々と動くのがどこか苦痛で、ややもすれば抜けそうになり苦労した思いがあったのだ。

仰向けなら自分の腰が安定しているので抜け落ちることも少なく、また美しい奈津子を下から仰ぎたかったのである。

すると彼女も前進し、そろそろと治郎の股間に跨がってきた。

そっと幹に指を添えると先端に濡れた割れ目をあてがい、擦りつけながら位置を定めると、やがて彼女は息を詰め、若いペニスを味わうように、ゆっくり腰を沈み込ませていった。

張り詰めた亀頭が潜り込むと、あとは重みと潤いでヌルヌルッと滑らかに根元まで嵌《は》まり込んだのだった。

5

「アアッ……、いいわ、奥まで響く……！」

（ああ……、張り型よりずっと良い……！）

奈津子と小夜が同時に口走り、奈津子は完全に座り込んでピッタリと股間を密着させた。

治郎も、肉襞の摩擦と潤い、温もりと締め付けに包まれながら懸命に肛門を引き締めて暴発を堪《こら》えた。やはり少しでも長く、この感激と快感を味わっていたいのである。

やがて奈津子が巨乳を揺すりながら、ゆっくりと身を重ねてきた。

治郎も、下から両手でしがみついて熟れ肌を全身で味わった。

「脚を立てて。私激しく動きそうだから抜けないように、お尻を支えて……」

奈津子が大胆なことを熱く囁《ささや》き、彼の肩に腕を回して巨乳を密着させてきた。

小夜も張り型に慣れていたから、処女が挿入されても破瓜《はか》の痛みより快感が大きいようだ。

治郎は両膝を立て、奈津子の豊満な尻を支えながら熟れ肌の感触と温もりを味わった。

顔を引き寄せて唇を求めると、奈津子も上からピッタリと唇を重ねてきた。

柔らかな感触と唾液の湿り気が伝わり、彼女の熱い息に鼻腔が湿った。

舌を挿し入れて滑らかな歯並びを左右にたどると、彼女も歯を開いて舌を触れ合わせ、チロチロと蠢かせてくれた。

生温かな唾液にまみれ、滑らかに蠢く舌を味わいながら、彼は我慢できずにズンズンと小刻みに股間を突き上げはじめた。

「アア……、いい気持ち……」

奈津子が口を離し、淫らに唾液の糸を引いて熱く喘いだ。そして彼女も、突き上げに合わせて緩やかに腰を動かしはじめた。

奈津子の口から吐き出される息は熱く湿り気があり、白粉《おしろい》のように甘い刺激と微かな歯磨きのハッカ臭が感じられ、彼はうっとりと嗅ぎながら悩ましく鼻腔を掻き回された。

次第に互いの動きがリズミカルに一致してくると、溢れる愛液で律動が滑らかになり、クチュクチュと淫らに湿った音が聞こえてきた。

大量の愛液が陰嚢の脇をトロトロと伝い流れ、彼の肛門の方まで生温かくヌメらせた。

いったん動くと、もうあまりの快感に止まらなくなり、治郎は一気にフィニッシュを目指すように激しく股間を突き上げていた。

「アア……、いきそうよ、もっと強く突いて、奥まで……！」

奈津子が声を上ずらせ、膣内の収縮を活発にさせていった。

（い、いく……、あーッ……！）

頭の中に小夜の声が響くと同時に、

「き、気持ちいい……、アアーッ……！」

奈津子も声を上げてガクガクと狂おしい痙攣《けいれん》を開始した。どうやら二人とも同時にオルガスムスを迎えたようだった。

治郎も、あまりに心地よい肉襞の摩擦の中で昇り詰め、

「く……！」

突き上がる絶頂の快感に呻《うめ》いた。そして、ありったけの熱いザーメンをドクンドクンと勢いよく柔肉の奥にほとばしらせてしまった。

「あう、熱いわ、もっと……！」

奈津子が噴出を感じ、奥深い部分を直撃されながら、駄目押しの快感を得たように呻いた。

そして膣内は、中に満ちるザーメンを飲み込むかのように収縮が繰り返され、キュッキュッときつく締め上げてきた。

奈津子は激しく身悶え、小夜の方もあまりの快感に失神でもしたように大人しくなっていた。

治郎は心ゆくまで快感を嚙み締め、最後の一滴まで出し尽くすと、すっかり満足しながら徐々に突き上げを弱めていった。

「ああ……、すごいわ、こんなに良かったの初めて……」

やがて完全に動きを止めると、奈津子も満足げに言いながら力を抜き、グッタリともたれかかってきた。

まだ膣内は名残惜しげに収縮し、射精直後で過敏になっているペニスがヒクヒクと内部で跳ね上がった。

「あう、もう暴れないで……」

奈津子も敏感になっているように呻き、幹の震えを抑えつけるようにキュッと締め付けてきた。

治郎も、今ようやく初めて童貞を卒業したように深い満足に包まれ、美熟女の重みと温もりを受け止めた。そして奈津子の吐き出すかぐわしい息を間近に嗅ぎながら、うっとりと快感の余韻を味わったのだった。

しばし重なり合い、溶けて混じり合いそうなほど身を重ねていたが、ようやく彼女がノロノロと身を起こし股間を引き離した。

ティッシュを手にして手早く割れ目を拭い、彼女は愛液とザーメンにまみれたペニスに屈《かが》み込むと、そっと亀頭を含んで舌でヌメリを拭ってくれたのだ。

「く……、も、もういいです……」

治郎は、クネクネと腰をよじらせて呻いた。

「これが若い男の匂い……。うちの人以外は初めてよ……」

彼女が口を離して言い、さらにティッシュで包み込みペニスを拭ってくれた。

どうやら奈津子は正男以外知らず、これが初めての不倫だったようだ。

「じゃ、シャワー浴びて寝るわね。治郎さんは？」

「僕は、このまま余韻を味わいながら寝ます……」

「そう、じゃゆっくり休んでね」

奈津子が言って身を起こし、パジャマを着た。

「これからも、していいですか……」

「ええ、でも年中だと病みつきになりそうだから、また今度……」

彼女は答え、静かに部屋を出て行った。

治郎が仰向けのまま呼吸を整えていると、乗り移っていた奈津子から抜け出た小夜が姿を現した。添い寝したまま、しばらくは力が入らないようにグッタリしている。

「大丈夫？　気持ち良かったんだね？」

「ああ……、良すぎて死ぬかと思った……」

訊くと、すでに死んでいる小夜が答えたが、自分でも幽霊ジョークを言ったと気づいていないようだった。

「あの女の感覚を通して、治郎殿に触れられて嬉しい……」

小夜が、とろんとした眼差しで身を寄せてきた。

「張り型の何倍も良かった。やはり、血の通った一物は違う……」

小夜が言う。処女喪失とはいえ、張り型の挿入に慣れているから、初回から充分すぎる絶頂が得られたようだ。まして、熟れた奈津子と同じ感覚を共有したのである。

「精汁の味も匂いも分かった。生臭いが、生きた子種と思うと愛《いと》おしい」

奈津子が口で処理したときの感覚も、小夜ははっきりと受け止めたらしい。

「じゃ、これで成仏できるかな」

「いや、知ってしまうと、もっと知りたくなる。今しばらくとどまりたい」

小夜が言い、もう治郎も恐くないので、それで構わないと思った。

ようやく彼はTシャツと短パンを身に着け、灯りを消して再び横になると、腹にタオルケットを掛けた。

「じゃ寝るよ。また明日」

治郎は言い、目を閉じた。

あまりに色々なことがあって頭の整理も追いつかないが、射精快感は充分に得られたので、すぐにも深い睡《ねむ》りに落ちていった……。

——翌朝は六時過ぎに目を覚ますと、もう母屋の方からは物音がしていた。

小夜の姿はないので、日中は現れないのかも知れない。

(いや、まさか夢だったのかな。小夜も、奈津子さんとのことも……)

治郎は思いながら起きてジャージを着ると、部屋を出てトイレに入ってから母屋へと行った。

奈津子と安奈が朝食の仕度をして、正男もテーブルに就いていた。

「おはよう、よく眠れた?」

奈津子が、何事もなかったように笑顔で言った。

治郎は、昨夜帰宅が遅くて顔を合わせなかった正男に挨拶した。

「おはようございます。よろしくお願いします」

「おお、久しぶりだな。手伝いよろしく」

正男も笑顔で答え、治郎は洗面所で顔を洗ってから食卓に就いた。

朝食はベーコンエッグに生野菜サラダ、コンソメにトーストとミルクだ。

治郎が食事しはじめると、

(あまり美味《おい》しくない……)

彼の中にいたらしい小夜が言った。

やはり小夜のことは現実だったらしい。

確かに、江戸時代なら飯に漬け物、干物に味噌汁《みそしる》ぐらいでシンプルだろうが、添加物もなく今より旨《うま》いかも知れない。

やがて朝食を終えると、正男は町のレストランへと出勤してゆき、片付けが済む頃、合宿の女子大生たちが到着したのだった。

第二章　女子大生剣士の匂い

1

「よろしくお願いします。コーチの小野佳江《おのよしえ》です」

二十代後半らしい、ショートカットのメガネ美女が挨拶した。剣道部ＯＧらしく颯爽《さっそう》として、段位も四段らしい。

他は、安奈以外では二人だけ。

二年生で二十歳の安西真矢《あんざいまや》は二段。そして三年生で主将になったばかりの香川《かがわ》江梨花《えりか》は三段。

安奈を含め、来月には試合に出る三人の強化合宿である。

真矢は、きりりとして精悍《せいかん》そうなボブカットの美形。江梨花は長身でセミロングのソバカス美女だった。

みな試合に臨むような眼光で自己紹介したが、チラと治郎を見ただけですぐ興味を失《な》くしたようだった。やはり運動部だけに、大柄で逞《たくま》しいスポーツマンが好みなのだろう。

やがて治郎と安奈の案内で、一行は二階の客間に行って着替えなどの荷を置いてから、道場に防具を運んだ。

「いい道場だわ」

江梨花が見回して言う。大学の道場と違い、やはり古風で神棚はあるし、師範席には甲冑や刀も置かれている。

「では、早速みんな着替えましょう」

メガネ美女の佳江が言い、一同は防具袋から稽古着と袴《はかま》を出したので、いったん治郎は退散した。

彼の仕事は、主に掃除と買い物、食事の手伝いや洗い物などである。

洗濯があれば、女子大生の匂いが嗅げると思ったが、それはさすがに各自でするのだろう。

とにかく治郎は、それぞれ異なるタイプの美女たちに魅力を覚えた。

(私も稽古したい)

心の中に、小夜が語りかけてきた。稽古に明け暮れていた彼女は、剣道となると血が疼《うず》くのだろう。

それに小夜が修行していた千葉周作の北辰一刀流は、早くから木刀による形稽古より、防具に竹刀で打ち合う現代剣道に近い稽古を取り入れていたのだ。

しかも現代とは違い、実際に人と斬り合うための稽古だから相当に荒っぽかったことだろう。

何しろ闘争心のレベルは格段に高いに違いない。しかも話では、小夜は免許皆伝を持っているという。

だから満十八歳でも小夜は、女子大剣道部の主将やコーチなどより腕は遥かに上ではないか。

(乗り移って戦いたい)

(おいおい、彼女たちのペースを乱しちゃいけないよ)

(ペースとは?)

(あ、彼女たちなりの稽古があるのだから、邪魔しちゃいけないってことだ)

（何もしない。ただ乗り移って撃剣を味わうだけ）

（操ったりしないなら、少しぐらいいいかな……）

治郎は答え、間もなく着替えを終えたように道場から準備体操する声と音が聞こえてきた。

すると小夜も、嬉々《きき》として皆のところへ行ったようだ。

彼は稽古に関わるつもりはないので、奈津子が昼食の仕度をしているキッチンへ行った。

「お手伝いします」

「ええ、じゃお皿を並べて」

昨日から煮込んでいたシチューを温めている奈津子に言われ、治郎もテーブルに皿を並べた。

昼はシチューとパンとサラダだ。

彼女たちも食欲旺盛な健康体だが、午後も稽古があるので、動けなくなるほど満腹にはしないだろう。

準備をしていたが、もちろん二人きりでも奈津子は昨夜のことなどおくびにも出さないし、こっそり触れるようなこともしなかった。

小夜でも乗り移ってくれれば、奈津子の本心を読み取ってくれるかも知れないが、昼間から何か出来るわけもない。

「じゃ、パンを用意して」

「はい」

治郎は言われるままテーブルにそれらを並べ、サラダの準備もした。

バスルームや客間、道場やトイレなどの掃除は、昨日のうちに奈津子が全て済ませていた。

「もういいわ。あとは食後の後片付けをしてもらうので、自由にしていて」

奈津子がシチューを掻き回して言うと、そのとき小夜の声が響いてきた。

(治郎殿に、来てほしいらしい)

(え?)

言われて、治郎はキッチンを出て道場へと行った。

一礼して入ると、僅かの間に道場は女子大生たちの生ぬるく甘ったるい匂いが悩ましく立ち籠めていた。

皆お揃いの白い稽古着に袴、面小手も白で赤胴が鮮やかだった。

そのミックスされた匂いを鼻腔と股間に感じていると、佳江が言った。

「少しでいいから、稽古に加わってもらえないかしら。他の仕事が良いようなら初段を持っているということなので」

佳江はジャージ姿で、稽古には加わっていないので、三人ではどうしても一人余るのだろう。

「は、はあ、でもずいぶんしていないし……」

「防具は？」

「持っていないです」

「じゃ、私のを使って。綺麗だから」

佳江が隅にある防具を指して言うと、

（お願い、着けて）

小夜も懇願するように言ってきた。

治郎は小柄で、見た目は少年のような清潔感があるのか、佳江も貸すことが嫌ではないようだった。

それに人数が足りないこと以上に、男を交えることで彼女たちの奮起を促し、どう見ても弱そうな彼だが、いちおう有段者なので容赦なく稽古台にしようという意図もあるのだろう。

（そうか、小夜が乗り移ってくれれば、そんな惨めなことにならないかも……）

彼も意を決して隅に正座すると正面に一礼し、ジャージの上から垂れを締め、胴を着けはじめた。

五年ぶりだが、あまりに手際よく装着できるので、恐らく乗り移った小夜が彼の身体を操っているのだろう。

真新しい手拭いを頭に被り、面を被って面紐《めんひも》を締めた。

面の中には饐《す》えたような匂いが籠もって、悩ましく鼻腔が刺激された。佳江は綺麗と言ったが、せいぜいファブリーズした程度で、彼女本来の汗の匂いは残っていた。

面金の下の方は、気合いを発したときの唾液の飛沫によるものか僅かに錆《さ》び、治郎は美しいメガネ美女に包まれた気になった。

そして小手を嵌め、三尺九寸の竹刀を手に立ち上がった。

「じゃ、まず安西さん」

佳江が言うと、精悍そうな真矢が向き直り、稽古していた江梨花と安奈も手を休めて興味深く目を向けてきた。

（この子は、とにかく勢いがいいから、先《せん》を取るわ）

彼の中に入った小夜が言う。すでに全員に乗り移り、僅かの間にその癖も剣筋も把握しているようだった。

礼を交わして蹲踞《そんきょ》し、立ち上がると治郎は久々に切っ先を向けて対峙《たいじ》した。

五年ぶりだが、女子との対戦ははじめてのことである。

「では……」

治郎は小夜に操られるまま言い、流れるように間合いを詰めていった。

真矢も面金の中で彼を鋭く睨《にら》み、自分の間合いに入ると出鼻面を繰り出そうとした。

最も得意な技で、まずは勢いを付けたいのだろう。

だが、それより速く治郎が飛び込んでいた。

「面！」

彼は言い、一瞬甘い匂いを感じながら見事に真矢の面を奪うと、出ようとしていた彼女と激しくぶつかり合ったのだ。

「わ……！」

ひとたまりもなく真矢は声を洩らして後方へ吹き飛び、さすがに後頭部は打たなかったものの、激しい音を立てて倒れた。

「あ、ごめんなさい。久々なので、つい加減も出来なくて……」

治郎は慌てて駆け寄って言い、真矢を抱き起こした。

すると面金の中の真矢の眼差しは驚きとともに、見直したような憧れの色に変わっているではないか。

「大丈夫です……」

真矢は健気《けなげ》に答え、自分で立ち上がった。

2

「いいわ、安西さん、少し休んで。今度は私が」

主将の江梨花が言って、闘志を満々にして前に出た。

安奈も佳江も、驚愕《きょうがく》に立ちすくんでいた。どうやら真矢は、相当な実力者だったらしいが、それがひ弱そうな初段、しかもブランクのある治郎に秒殺されたのである。

(この子は、小技の連続が得意で、相手を崩してから留《とど》めの飛び込み面が得意。でも私の方が上)

小夜が言う。治郎も、全て彼女が身体を操ってくれるから力など入れず、呼吸一つ乱していなかった。

「構わないから、加減などしないで下さいね」

江梨花がじっと彼を見据えて言い、治郎も向かい合って礼をした。

蹲踞をして立ち上がると、江梨花はすぐにも切っ先を震わせて進み、連続攻撃を繰り出してきた。

しかし治郎は全て間髪で交わしながら、目にも止まらぬ素早さで江梨花の小手や面、胴に連続攻撃を仕掛けていた。

「く……！」

圧倒された江梨花が呻き、攻撃の手を休めて間合いを取ろうと下がった瞬間、治郎の飛び込み面が小気味よく炸裂《さくれつ》していた。

パーンと音がしてそのまま体当たり、さすがに江梨花は倒れなかったが、自分の得意技で敗れ、戦意を喪《うしな》ったようだった。

「そ、それまで……」

佳江が息を呑んで言い、治郎は礼をして下がった。

「どうか、私も！」

するとアンナも、果敢に駆け寄って言った。

佳江が頷《うなず》いたので、治郎は安奈と礼を交わし、互いに青眼で間合いを狭めた。

(この子には打たせるわ)

小夜が言い、さすがに子孫だから手加減するようだ。

まず治郎が、ゆるく小手を取りに行くと、安奈が抜いて面を打ってきた。

「そう、もう一度」

治郎は小夜に操られるまま言い、再びピシリと小手を打った。

「つ……」

「もっと速く」

顔をしかめた安奈を叱咤《しった》し、もう一度小手を打った。次第に素早く打ったが、ようやく何本目かに安奈も小手抜き面を決めることが出来た。

「そう、今度は面に行くから応じなさい」

治郎は言って、素早く面を取りに行ったが、安奈は応じきれず面を打たれた。

「もう一度」

彼は何度か面を取りに行ってやり、またようやく何本目かに安奈も面抜き胴を決めることが出来たのだった。

安奈もほっとして力を抜き、面金越しに治郎は彼女の甘酸っぱい吐息を感じて股間を熱くさせてしまった。

「いいでしょう。それまで」

治郎は言って下がり、蹲踞して礼を交わした。

「すごい指導力だわ。私は要らないほど……」

佳江が言い、治郎は正座して小手と面を脱いだ。

（ああ、気持ち良かった。もっとやりたい……）

小夜は言ったが、どうやらこれで終わりそうもなく、誰もが尊敬の眼差しで治郎を見つめていたのだった。

「お借りしました。有難うございます。手拭いは、あとで新しいのをお持ちしますので」

全ての防具を脱ぎ去り、手拭いを外した治郎は佳江に言った。

「こ、こんな実力者だったなんて、私もお相手したいわ……」

佳江は言い、汗一つかいていない治郎を熱っぽく見つめた。

「これからも、稽古に加わってもらえませんか」

（お願い、そうして。治郎殿！）

佳江が言うと、心の中で小夜も激しく求めてきた。

「ええ、バイトに来ているのですから、その合間に少しだけなら」

治郎が答えると、そのとき奈津子が昼食の仕度が調ったと言いに来た。

一同は防具を脱いで手を洗い、稽古着姿のまま母屋へと移動した。

「治郎さんも稽古したの？」

「ええ、少しだけ」

奈津子に言われ、治郎が答えると安奈が息せき切って母親に言った。

「すごいのよ、治郎さんは。ね、手伝いよりも稽古に参加できるようにして」

「まあ、そんなに……」

強い人だったかしらと、奈津子も驚いた治郎を見た。師範である亡き義父からも、治郎に才能があるなどとは一度も聞いていなかったのだろう。

とにかく昼食にし、佳江も女子大生たちも、初対面の時の素っ気ない感じとは一変し、何かと治郎に話しかけてきた。

「本当に五年ぶりなの……？」

「ええ、それに五年前までも、稽古は週に一回だけでしたし、雨の日は休んでましたから」

「じゃ、よほど素質があったのね……」

佳江は言い、治郎もシチューとミルクの昼食を取った。

(美味しくないわ。それは何なの)

(ああ、牛の乳だよ)

(そ、そんな……)

小夜が言い、吐きそうに息を詰めた。

「ね、午後に私とも対戦して欲しいのだけど」

「じゃ防具は私のを使って、治郎さん。午後は山をランニングする予定だから」

佳江が言うと、安奈が言ってくれた。

(治郎殿、ぜひ！　それに剣を交えるだけでなく、この女を抱いて。相当に激しそうだから)

(おいおい……)

小夜が勢い込んで言い、治郎は呆《あき》れたように心の中で答えたが、もちろん彼はここにいる誰もに淫気を抱いていた。

やがて昼食を終えると、後片付けや洗い物は奈津子がするから、治郎も道場へ行って構わないと言われた。

治郎は奈津子に言い、新しい手拭いをもらって佳江に渡し、皆で再び道場へと行った。

女子大生三人は防具は着けず、まずは治郎と佳江の対戦を見てから、自主トレやランニングに行くようだ。

佳江が着替えると言うので、治郎は道場脇にある自分の与えられた部屋へ彼女を案内した。やはりジャージではなく、正式に稽古着と袴を着けて勝負したいようだ。

「三本勝負でお願い」

出ていこうとする彼に、佳江が言った。

「分かりました。その代わり、僕が勝ったらお願いがあります」

「何です?」

「セックスさせて下さい。まだよく知らないので」

治郎も、部屋に二人きりなので思いきって言ってみた。もちろん大部分は、小夜に操られたようなものだろう。

「そんな……!」

佳江はレンズの奥の眼で彼を睨み、濃い眉を険しくさせた。

しかし、すかさず小夜が佳江の中にスッと入ったようだ。

「い、いいでしょう。おかげで本気になれるわ」

小夜に操られたのかどうか、佳江は勝ち気そうな笑みを洩らして答えた。

治郎は頷き、佳江が着替えをする部屋から出て道場に戻った。

(大丈夫。あの女は勝つ気でいるし、勝ったら治郎殿を弄ぶつもりらしい。どっちにしろ出来る)

小夜が彼の中に戻ってきて、佳江の心根を報告してくれた。

小夜が読んだ佳江の内部によると、以前は恋人もいたようだが別れ、今はひたすら選手の育成に専念しているようだった。

それなら、相当に欲求も溜《た》まっていることだろう。

「じゃ借りるね」

治郎は道場で安奈に言い、正座して安奈の防具を着けた。

間もなく佳江も白い稽古着に袴姿で道場に戻り、頬を強《こわ》ばらせ無言で自分の防具を着けはじめた。

女子大生たちも稽古着姿で隅に正座し、成り行きを見つめている。

治郎は、さっき使った手拭いを被り、安奈の面を着けた。

まだ中は生ぬるく湿り、美少女の汗や吐息が残って、何とも悩ましい匂いが彼を包み込んだ。

(浮かれないで。さっきまでの相手とは違う!)

小夜が闘志を燃やして言う。やはり快楽への欲求と、勝負は別物のようだ。

やがて美少女の汗に湿った小手を嵌めた治郎が竹刀を持って立ち上がると、準備を整えた佳江も、颯爽と前に出てきたのだった。

3

「では、勝負三本」

佳江が言い、三人の女子大生たちは固唾《かたず》を呑んで見守った。審判など要らず、全て自分たちの判断に任せるのだろう。

二人は礼を交わして蹲踞し、立ち上がって間合いを詰めた。

すると佳江が、ゆっくりと大上段に構えた。

治郎が青眼のまま慎重に進むと、

(嬉しい。相当に強そう……)

小夜が心の中で言い、あとは黙って勝負に専念した。

佳江はメガネのまま面を着け、レンズの奥から燃えるような眼差しを彼に向けていた。

さらに進むと、佳江の竹刀が素早く振り下ろされた。

身を躱《かわ》すと、物打ちが激しく彼の右肩に炸裂し、同時に彼女は、

「ウッ……！」

と小さく呻き、よろめいて数歩後退した。

治郎の、左手一本の突きが決まったのである。

さすがに尻餅を突くことなく、佳江は構え直した。

「つ、突きを頂戴。もう一本……」

彼女は言い、今度は青眼に構え直した。

治郎は流れるように素早く進み、切っ先が佳江の喉元に向かうと彼女が一瞬、二度目の警戒して身じろいだ瞬間、面を取っていた。

「ま、参りました……」

見事すぎる面に佳江も負けを認めて言い、見ていた三人も肩の力を抜いて声もなく嘆息した。

礼を交わすと治郎は防具を脱いで置き、

「どうも有難う」

安奈に言い、手拭いだけ持って立ち上がった。

佳江もしばし座り込んで呆然《ぼうぜん》としていたが、やがて気を取り直したように防具を脱いだ。

「すごくいい試合でした。ではランニングに行ってきますね」

江梨花が言い、真矢と安奈も道場に一礼して出ていった。

すると入り口にいた奈津子も、今の勝負を見ていたように治郎に熱い眼差しを送り、

「じゃ私はお買い物に行きますね」

そう言い、間もなく車で出ていったのだった。

残った治郎が道場を出て部屋に戻ると、すぐに佳江も入ってきた。

「完敗だわ。今も信じられない……」

すっかり意気消沈したように言う。

「じゃ、脱ぎましょうね。しばらく誰もいないから」

治郎は言い、先にジャージと下着を脱ぎはじめた。

山中のランニングは時間がかかるだろうし、戻ってからも三人は自分たちで稽古するだろう。

佳江も袴と稽古着を脱ぎ、見る見る白い肌を露《あら》わにしていった。

「シャワーを浴びたいわ……」

「いいですよ、そのままで。ろくに動かなかったでしょう」

「今朝も浴びていないから……」

「構いません」

治郎は先に全裸になり、ピンピンに勃起した幹を期待に震わせた。何しろ、昨夜の奈津子は湯上がりだったから、今日初めて女体のナマの匂いに触れられるのである。

とうとう佳江も一糸まとわぬ姿になると、メガネを外して枕元に置き、清楚《せいそ》に整った素顔を見せた。

そして彼に誘われるまま布団に横たわり、見事に均整の取れた肢体を晒《さら》した。

全体にほっそりとして見えたが着痩せするたちなのか、意外に乳房は豊かに息づき、腰も丸みを帯び、何しろスラリとした長い脚が魅惑的だった。

治郎はまず、彼女の足裏から迫っていった。

舌を這わせ、指の間に鼻を割り込ませて嗅ぐと、

「あう、そんなところ……」

佳江がビクリと脚を震わせ、驚いたように言った。小夜は、呆れたのか快楽を期待しているのか黙ったままだった。

指の股はジットリと汗と脂に湿り、蒸れた匂いが濃厚に沁《し》み付き、嗅ぐたびに悩ましく鼻腔が刺激された。

（ああ、美女の足の匂い……）

彼は感激と興奮に息を弾ませ、蒸れた匂いを貪ってから爪先にしゃぶり付き、順々に指の間に舌を挿し入れて味わった。

「アア……、ダメ……」

佳江は喘ぎながら、すっかり朦朧《もうろう》となったように身を投げ出していた。

治郎は両足とも全ての指の股を貪り尽くし、ようやく顔を上げると彼女をうつ伏せにさせた。

踵からアキレス腱《けん》、引き締まった脹《ふく》ら脛《はぎ》に汗ばんだヒカガミを舐め上げ、張りのある逞しい内腿から尻の丸みをたどり、腰から滑らかな背中を舌でたどっていった。

背中のブラの痕は淡い汗の味がし、

「ああ……」

かなり背中は感じるらしく、佳江が顔を伏せて喘ぐと、

（くすぐったくて気持ちいい……）

ようやく小夜も、うっとりと声を洩らしてきた。

肩まで行ってリンスの香りの残る髪に鼻を埋め、耳の裏側の湿り気も嗅いでから舌を這わせた。

佳江はビクッと肩をすくめて身を強ばらせ、彼は再び背中を舐め降り、たまに脇腹にも寄り道してから再び尻に戻ってきた。

うつ伏せのまま股を開かせ、真ん中に腹這って尻に迫り、指でムッチリと谷間を広げると、ピンクの蕾はレモンの先のように、やや盛り上がった艶めかしい形状をしていた。

清楚な美女の肛門がこういう形とは、誰も想像できないだろう。

鼻を埋めて嗅ぐと顔中に弾力ある双丘が密着し、蒸れた匂いが鼻腔を刺激してきた。

彼は執拗に湿り気を嗅いでから、舌を這わせて細かな襞を濡らした。

ヌルッと潜り込ませて滑らかな粘膜を探ると、

「く……、ダメ……」

佳江が顔を伏せて呻き、キュッと肛門で舌先を締め付けてきた。

治郎が舌を蠢かせると、粘膜は微かに甘苦い味わいがあった。

「も、もうダメ……、そんなところ舐めるなんて……」

佳江が言い、尻を庇《かば》うように寝返りを打って再び仰向けになった。

どうやら元彼は、尻の穴を舐めないようなダメ男だったようだ。

いったん身を起こした治郎は前進し、あらためて彼女の乳房に屈み込み、チュッと乳首に吸い付いて舌で転がした。

「アア……！」

（いい……、噛んで、治郎殿……）

佳江と同時に小夜がせがんだ。過酷な修行に明け暮れてきた小夜は、微妙なタッチより痛いぐらいの刺激の方が良いのだろう。

佳江が望んでいるか分からないが、試みに前歯でコリコリと乳首を刺激してやると、

「あう、もっと強く……！」

まるで小夜と感覚が一致したように、佳江も呻いてせがんできた。

治郎も左右の乳首を交互に含んで舐め回し、歯による愛撫も続けた。

佳江は熱く息を弾ませ、少しもじっとしていられないようにクネクネと身をよじらせていた。

彼はさらに佳江の腋の下にも鼻を埋め、ジットリ湿って濃厚に甘ったるく籠もる汗の匂いに噎せ返った。

「く……！」

彼女は羞恥と刺激に息を詰め、治郎は胸いっぱいに美女の体臭で満たしてから、スベスベの腋を舐め回した。

そして脇腹を舐め降り、腹の真ん中に移動し、微かに腹筋の浮かぶ引き締まった腹に顔を押し付けて弾力を味わった。

さらに下降して股を開かせ、彼は股間に顔を迫らせていった。

白く滑らかに張りのある内腿を舐め上げ、中心部に鼻先を寄せると、熱気と湿り気が顔中を包み込んできた。

丘に茂る恥毛は程よい範囲にふんわりと煙り、割れ目からはみ出した陰唇はすでにヌラヌラと熱い愛液に潤っていた。

指で広げると、膣口の襞は白っぽく濁った愛液に濡れ、包皮を押し上げるように突き立ったクリトリスは、奈津子よりもずっと大きく親指の先ほどもあって光沢を放っていた。

これも、着衣からは想像できない形状で、治郎は一種のギャップ萌えに高まりながら、吸い寄せられるように顔を埋め込んでいった。

4

「アアッ……！　いい……！」

佳江が顔を仰《の》け反《ぞ》らせて喘ぎ、内腿でキュッときつく治郎の両頰を挟み付けてきた。

柔らかな茂みに鼻を擦りつけて嗅ぐと、隅々には生ぬるく蒸れた汗とオシッコの匂いが悩ましく籠もり、吸い込むたびに彼は鼻腔を刺激された。

「いい匂い」

「あう……！」

思わず言うと、佳江は羞恥に声を洩らし内腿に強い力を込めた。

治郎は美女の匂いで胸を満たし、舌を這わせていった。

陰唇の内側を探ると、やはり淡い酸味のヌメリが舌の動きを滑らかにさせた。

舌先で膣口の襞をクチュクチュ掻き回し、味わいながらゆっくりと柔肉をたどり、大きめのクリトリスまで舐め上げていくと、

「あう……！」

佳江が身を弓なりにさせ、白い下腹をヒクヒクと波打たせた。

（そこ、もっと……！）

小夜も彼女と感覚を共有しながら言い、佳江は泉のようにトロトロと新たな愛液を漏らしてきた。

「そ、そこも嚙んで……」

佳江が声を上ずらせて言うので、治郎も上の歯で完全に包皮を押し上げ、露出した突起に吸い付きながら、前歯でコリコリと軽く刺激した。

（い、いきそう、治郎殿、入れて……！）

（まだダメ、彼女が求めていないんだから）

治郎は言ったが、すぐにも佳江が、

「お願い、入れて……！」

まるで小夜に操られるかのように言ったが、すでに愛液は大洪水だから、やはり彼女自身が求めているようだった。

「コンドームがないけれど」

「大丈夫、中で出して……」

気遣って言うと佳江が答えた。

あるいは女子大生たちも、試合が多いので自身をコントロールするため、ピルでも常用しているのだろう。

治郎も美女の味と匂いを堪能《たんのう》してから顔を上げ、身を起こして前進し、ペニスを股間に迫らせていった。

初体験の風俗では苦手意識を持った正常位だが、今は彼も早く入れたい思いに包まれ、急角度にそそり立つ幹に指を添えて濡れた割れ目に先端を押し付け、ヌメリを与えながら位置を探った。

そして息を詰め、ゆっくり膣口に押し込んでいくと、たちまちペニスはヌルヌルッと滑らかに根元まで吸い込まれていった。

「アアッ……！」

佳江が、ビクッと身を弓なりに反らせて熱く喘いだ。

膣内は味わうようにキュッときつく締め付け、治郎も肉襞の摩擦と潤いに包まれながら股間を密着させ、脚を伸ばして身を重ねていった。

（ああ……、いい気持ち……）

小夜もうっとりと喘ぎ、すぐにも佳江が下から両手を回してしがみついた。

治郎の胸の下で、張りのある乳房が押し潰れて心地よく弾み、恥毛が擦れ合いコリコリする恥骨の膨らみまで伝わってきた。

まだ動かずに感触と温もりを味わいながら、治郎は上からピッタリと唇を重ねていった。

「ンン……」

佳江が呻き、収縮を活発にさせながらネットリと舌をからませてきた。

彼も滑らかに蠢く舌触りと、生温かな唾液のヌメリを味わい、徐々に腰を小刻みに突き動かしはじめた。

「アア、いいわ、いきそう……」

（もっと強く、何度も奥まで突いて……）

二人が同時に声を上げ、溢れる愛液で動きが滑らかになり、ピチャクチャと淫らに湿った摩擦音が聞こえてきた。

佳江の喘ぐ口に鼻を押し付けて熱い息を嗅ぐと、それは花粉のような甘い刺激を含み、悩ましく鼻腔を掻き回してきた。

「ああ、いい匂い……」

「く……」

嗅ぎながら思わず言うと、佳江は昼食後のケアもしていないことを思い出したように息を詰めたが、いくらも我慢できず熱い呼吸を繰り返した。

治郎が美女の吐息に酔いしれながら腰の動きを早めていくと、

「アア、いきそう……！」

佳江が口走り、下からもズンズンと股間を突き上げて収縮を高めた。

彼もいつしか股間をぶつけるように腰を突き動かし、滑らかな摩擦と締め付けに高まっていった。

（い、いく……、治郎殿、出して……！）

先に小夜が昇り詰めたように口走った。確かに張り型は射精しないから、奥に噴出される感覚が病みつきになっているのだろう。

もう堪らず、治郎は激しく絶頂に達してしまった。

「く……！」

突き上がる快感に短く呻き、彼は熱い大量のザーメンをドクンドクンと勢いよく柔肉の奥にほとばしらせた。

「い、いく……、アアーッ……！」

すると噴出を感じた途端、佳江もオルガスムスのスイッチが入ったように激しく喘ぎ、ガクガクと狂おしく腰を跳ね上げた。

その勢いはブリッジでもするようで、小柄な治郎は暴れ馬にしがみつく思いで抜けないよう腰の動きを合わせた。

ややもすれば締まりが良すぎてペニスが押し出されそうになり、必死でグッと押し付けながら腰を遣った。これは一種の名器なのだろう。

（ああ、死ぬ……！）

小夜もすっかり満足しながら、また幽霊ジョークを口走っていた。

彼は心ゆくまで快感を味わい、最後の一滴まで出し尽くしていった。

やがて彼は徐々に動きを弱め、力を抜いて遠慮なく体重を預けていくと、

「アア、良かった……」

佳江も、うっとりと満足げに硬直を解いて言い、グッタリと四肢を投げ出していった。

まだ息づく膣内に刺激され、彼はヒクヒクと過敏に幹を震わせた。

そして治郎はのしかかり、荒い息遣いを繰り返している美女の口に鼻を押し込み、湿り気ある熱い花粉臭の吐息で胸を満たしながら快感の余韻に浸り込んでいった。

「こんなにすごいなんて……、して良かった……」

佳江は息も絶えだえになって言い、後悔していない様子なので彼も安心した。

小夜は、失神したように黙り込んでいた。

「シャワー、借りられるかしら……」

「ええ、まだ誰もいないから急いで行きましょうか」

彼女が言うのに答え、治郎は身を起こしてそろそろと股間を引き離した。

そしてティッシュの処理も省略して彼女を支え起こし、全裸のまま一緒に部屋を出て母屋に行った。

「ああ、裸で人の家を歩き回るなんて……」

佳江が緊張とスリルに声を震わせて言い、二人はバスルームに入った。

まだ湯は張られていないのでシャワーを浴びて股間を流したが、もちろん治郎は一度の射精では物足りず、すぐにもムクムクと回復していった。

まだ彼女たちも奈津子も戻ってこないだろう。

佳江も、身体を洗い流してほっとしたように力を抜いていた。

治郎は床に座り、目の前に彼女を立たせた。

「どうするの……」

「こうして」

彼は言い、佳江の片方の足を浮かせてバスタブのふちに乗せさせ、開かれた股間に顔を埋めた。

濡れた恥毛に籠もっていた匂いは、すっかり薄れてしまったが、舐めると新たな愛液が溢れて舌の動きがヌラヌラと滑らかになった。

「あう……、もういいわ……」

彼女はビクリと尻込みし、刺激に呻いた。

「ね、オシッコしてみて」

「ど、どうしてそんなこと……、無理よ、出ないわ……」

股間から言うと、佳江が驚いたようにいい、ガクガクと膝を震わせた。

「一度でいいから、美女が出すところを見たい。少しでいいから」

いいながら大きめのクリトリスに吸い付くと、

「く……、ダメよ、吸ったら出ちゃう……」

すぐにも彼女が尿意を高めたように息を詰めて言った。あるいは小夜が、彼の言いなりになるよう命じているのかも知れない。

すると舐めているうち柔肉の奥が迫《せ》り出すように盛り上がり、味わいと温もりが変化してきたのだった。

5

「で、出ちゃうわ、離れて、アア……」

佳江が息を詰めて言うなり、たちまちチョロチョロと熱い流れがほとばしってきた。

治郎は舌に受けて味わい、温もりで喉を潤してしまった。

これも長年の願望であったが、風俗嬢には言えなかったことだ。

味も匂いも実に控えめで、まるで薄めた桜湯のように抵抗なく飲み込むことが出来た。

「アア……、信じられない、こんなこと……」

佳江は止めようもなく勢いを付けて言い、壁に手を突いてフラつく身体を支えながら、ゆるゆると放尿を続けた。

勢いがつくと口から溢れた分が温かく胸から腹を伝い流れ、すっかり元の硬さと大きさを取り戻したペニスが心地よく浸された。

それでもピークを過ぎると急に勢いが衰え、放尿は治まってしまった。

治郎は残り香の中、ポタポタ滴る愛液をすすって割れ目を舐め回すと、新たな愛液が溢れて残尿を洗い流し、淡い酸味のヌメリが満ちていった。

「も、もうダメ……」

佳江が言って脚を下ろすと、力尽きたようにクタクタと座り込んでしまった。

それを支えて椅子に座らせると、彼はもう一度互いの全身をシャワーの湯で洗い流した。

そして立たせ、互いの身体を拭くとバスルームを出て、また全裸のまま部屋の布団に戻っていった。

「もうこんなに勃《た》って……、でも私はもう充分。まだあの子たちをコーチしないとならないし……」

「じゃ、お口でして……」

治郎は仰向けになり、甘えるように言って大股開きになった。

すると佳江も嫌がらず真ん中に腹這いになり、股間に顔を寄せてきてくれた。

「あ、そうだ。メガネをかけて」

彼は言って、枕元に置かれていたメガネを渡した。最初の印象がメガネ美人だったから、その顔で愛撫してもらいたかったのだ。

佳江も素直にメガネをかけてくれたので、治郎は自ら両脚を浮かせて抱え、尻を突き出した。

「ここから舐めて。洗ったばかりで綺麗だから」

「わ、私のは綺麗じゃなかったのね……」

「ううん、少し匂いがしたけど色っぽかったよ」

「アア……」

佳江は羞恥に声を震わせ、それでも舌を伸ばし尻の谷間を舐め回してくれた。

そして自分がされたようにチロチロと肛門を舐めて濡らし、ヌルッと潜り込ませてくれたのだ。

「あう、気持ちいい……」

治郎が妖しい快感に呻き、モグモグと味わうように舌先を肛門で締め付けた。

佳江も厭《いと》わず、熱い鼻息で陰嚢をくすぐりながら中でクチュクチュと舌を蠢かせると、まるで内側から刺激されるように、ピンピンに突き立ったペニスがヒクヒクと上下した。

あまり長く舐めてもらうのは申し訳ない気がし、やがて脚を下ろすと彼女も自然に舌を引き離し、そのまま鼻先にある陰嚢を舐め回してくれた。

二つの睾丸《こうがん》が舌に転がされ、股間全体に熱い息が籠もった。

そして袋全体が生温かな唾液にまみれると、せがむように幹がヒクヒクと小刻みに震えた。

心得たように佳江が身を乗り出し、肉棒の裏側をゆっくり舐め上げてきた。

滑らかな舌が先端にくると、彼女は粘液の滲む尿道口をヌラヌラと舐め、張り詰めた亀頭にしゃぶり付いた。

そのまま喉の奥までスッポリ呑み込まれると、

「アア、いい……」

治郎はうっとりと快感に喘ぎ、美女の口の中で唾液に濡れた幹を震わせた。

佳江も深々と含んで吸い付き、熱い鼻息で恥毛をくすぐりながら、口の中では念入りに舌をからめてくれた。

恐る恐る股間を見ると、ショートカットのメガネ美女が、夢中になって快感の中心部を貪っていた。

（治郎殿、出して、いっぱい飲んでみたい……）

小夜が言い、治郎もその言葉で急激に高まってきた。

下からもズンズンと股間を突き上げると、

「ンン……」

喉の奥を突かれた佳江が呻き、合わせて小刻みに顔を上下させ、濡れた口でスポスポと強烈な摩擦を開始してくれたのだった。

もう限界である。

「い、いく……、アアッ……！」

たちまち治郎は二度目の絶頂を迎えて喘ぎ、ありったけの熱いザーメンをドクンドクンと勢いよくほとばしらせてしまった。

「ク……」

喉の奥を直撃された佳江が微かに眉をひそめて小さく呻き、それでも摩擦と吸引を続行してくれた。

女性の口に出すというのも、清潔な部分を汚すような禁断の快感があった。

治郎は腰をくねらせながら快感を嚙み締め、心置きなく最後の一滴まで出し尽くしてしまった。

すっかり満足しながら突き上げを止め、グッタリと身を投げ出すと、彼女も動きを止め、亀頭を含んだまま口に溜まったザーメンをゴクリと一息に飲み干してくれたのだった。

「あう……」

喉が鳴ると同時に口腔がキュッと締まり、彼は駄目押しの快感に呻いた。

ようやく佳江がスポンと口を引き離すと、さらに余りを絞り出すように幹をニギニギして、尿道口に脹らむ白濁の雫《しずく》まで丁寧に舐め取ってくれた。

「く……、も、もういいです……」

治郎は過敏に幹を震わせて呻き、降参するようにクネクネと腰をよじらせた。

佳江もやっと舌を引っ込めてくれ、身を起こしてチロリと舌なめずりすると添い寝してきた。

彼も甘えるように腕枕してもらい、温もりに包まれ、湿り気ある花粉臭の吐息を嗅ぎながら、うっとりと快感の余韻を味わった。

「ああ……、不思議な気持ち。私どうしてこんなことを……」

佳江が嘆息混じりに言った。

急な淫気の高まりが自分でも理解できないようなのだが、もちろん後悔している様子もない。

やがて彼女は治郎の呼吸が整うと身を起こし、手早く身繕いをした。稽古着と袴は畳んで仕舞い、再びジャージ姿になった。

「じゃ道場に戻っているわね」

佳江は言って部屋を出てゆき、治郎も余韻から覚めて起き上がるとジャージを着た。

「ね、最初に対戦した真矢という女としたい」

小夜が姿を現して言った。

彼女の顔立ちも、大きな快楽の余韻にとろんとしているが、肉体を持っていないから欲望は際限がなく、快楽に執着している限り成仏は出来そうもないようだった。

「すぐには無理だよ。今はすっかり気が済んでいる」

「夜、こっそりこの部屋へ来るように仕向ける」

「夜ならいい。それなら入浴しないように操ってくれ」

夜になれば治郎の淫気も完全に回復しているだろう。そして彼の言葉に、小夜は不思議そうに小首を傾げた。

「綺麗にした方が心地よいと思うが」

「ナマの匂いがした方が燃えるんだ」

「確かに、今の女も自分の匂いを気にして、その恥じらいが心地よさを増していたようだ……」

小夜は理解してくれたようだ。

やがて奈津子が買い物から帰ってきて、女子大生たち三人もランニングから戻って再び稽古をはじめた。

もう治郎は参加せずに奈津子を手伝い、やがて稽古を終えると皆は順々にバスルームへ入った。

しかし小夜が操作し、真矢だけは自分でも分からないだろうが、何か納得するような理由を付けて、汗ばんだままジャージ姿になったようだ。

そして誰もアルコールは口にせず夕食を済ませ、そのあとはリビングでミーティングをしてから各部屋に戻って休むこととなった。

せっかく三部屋あるので、一人一部屋で、安奈だけは自室に戻った。

治郎も片付けと夕食を済ませると部屋に戻り、Tシャツとトランクスだけの姿になり、期待して待った。

もちろん治郎の淫気は満々になっていた。

やがて足音が聞こえると、果たしてこっそり部屋を抜け出した真矢が、やや緊張の面持ちで入って来たのである。

第三章　美少女の熱き好奇心

1

「少し、いいですか……」

真矢が、恐る恐る部屋に入って治郎に言った。

「ええ、どうぞ。今日はお疲れ様」

布団もないので、治郎が布団の端に座って言うと、彼女も遠慮がちに隅に腰を下ろした。

「いいえ、面を取られて、体当たりされてからずっと治郎さんのことばかり考えていました」

ボブカットで精悍な顔つきをした真矢が、ほんのり頬を染めて言った。美人だが睨むような表情をしているので、恐らく町では恐くて誰もナンパしないだろう。

真矢はタンクトップに短パン姿で、案外乳房が豊かでノーブラらしく、ぽっちりした乳首のありかも分かり、緊張に汗ばんでいるのか生ぬるく甘ったるい匂いを漂わせていた。

（この女、三年ほど前まで男と情交していたが、今は剣一筋らしい。でも淫気は強そう）

小夜が報告してくれた。では高校時代に彼氏がいたが、大学に入ってからは稽古に専念してきたようだ。

「そう、もっとそばに来て」

期待に勃起しながら言うと、真矢もビクリと身じろぐと、すぐににじり寄ってきた。

彼女は自分でも淫気の高まりがどうしようもなく、来てしまったものの話題もなく、ただモジモジするばかりだったから、彼の方から仕向けたのである。

治郎は彼女を抱き寄せ、濃厚な匂いを感じて胸を高鳴らせた。

「あ……、私シャワーも浴びてないんです。急にレポートを書かないとならなくて、うっかり……」

真矢が思い出したように言って身を引こうとしたが、治郎は彼女のタンクトップを脱がせていった。

「ああ……」

真矢が熱く喘ぎ、完全に脱がせていくと力が抜けていくようにゆっくり仰向けになっていった。

もう始まってしまえば言葉など要らず、治郎は彼女の短パンも引き脱がせ、たちまち一糸まとわぬ姿にさせてしまった。

そして彼も手早く脱いで全裸になると、身を投げ出している真矢にのしかかっていった。

日頃、赤胴に押しつぶされている乳房は豊かに息づき、彼は甘い匂いに誘われるようにチュッと乳首に吸い付いていった。

「アア……！」

真矢がビクッと反応して喘ぎ、彼はコリコリと硬くなった乳首を舌で転がしながら、顔中を柔らかな膨らみに押し付けて感触を味わった。

もう片方にも手を這わせると、彼女は久々に得る愛撫に、少しもじっとしていられないようにクネクネと身悶えた。

彼女が身じろぐたび、濃厚に甘ったるい匂いが揺らめいた。

治郎は左右の乳首を交互に含んで舐め回すと、さらに彼女の腕を差し上げ、ジットリ湿った腋の下にも鼻を埋め込んで嗅いだ。

「すごくいい匂い」

「あう、恥ずかしい……」

治郎が濃く籠もった汗の匂いで鼻腔を満たしながら言うと、真矢が呻いてキュッと彼の顔を腋に挟み付けた。

湿り気あるスベスベの腋を舐め回してから、彼は健康的な張りを持つ肌を舐め降りていった。

小夜も彼女の中で、うっとりと愛撫を受け止めているようだ。

臍を探り、腹部に顔を押し付けて弾力を味わうと、微かに緊張によるものか内部から消化音が聞こえた。これは小夜にはないもので、彼はリアルな生身を実感した。

そして例によって股間は後回しにし、彼は腰から脚を舐め降りていった。

バネを秘めた脚もニョッキリと健康的で、どこも滑らかな舌触りだった。

足首まで行って足裏にも舌を這わせると、年中道場の床を踏みしめている足裏は特に肉刺《まめ》もなく実に大きめで逞しかった。

縮こまった指に鼻を押し付けると、やはりそこは汗と脂にジットリと湿り、昼間の佳江以上にムレムレの匂いが濃厚に沁み付いていた。

治郎が執拗に蒸れた匂いを吸収すると、鼻腔の刺激が悩ましく胸からペニスに伝わってきた。

爪先にしゃぶり付き、全ての指の股に舌を割り込ませて味わうと、

「あう、ダメ……！」

真矢がビクリと反応して呻き、唾液に濡れた指でキュッと彼の舌を挟み付けてきた。

彼は両足とも味と匂いを貪り尽くすと、ようやく舌を引き離して真矢を大股開きにさせた。そして腹這い、脚の内側を舐め上げ、ムッチリした太腿を通過して股間に迫った。

丘の茂る恥毛は情熱的に濃く、下の方は割れ目から溢れる蜜の雫を宿して筆の穂先のようにまとまった感じだ。

はみ出す花びらは綺麗なピンクで、指を当てて左右に広げると、恥じらうように膣口がキュッと引き締まった。

小さな尿道口も見え、包皮の下からは光沢あるクリトリスが小豆ほどの大きさでツンと突き立っていた。

「アア、恥ずかしい……」

真矢が彼の熱い視線と息を感じたように か細く言い、白い下腹をヒクヒクと波打たせた。

もう堪らずに治郎も顔を埋め込み、柔らかな恥毛に鼻を擦りつけて嗅いだ。

そこには濃厚に甘ったるい汗の匂いと、ほのかなオシッコの匂いが蒸れて混じり、何とも悩ましく籠もっていた。

「いい匂い」

「あう……!」

嗅ぎながら思わず言うと、真矢は恥じらいに呻き、逆に離さぬかのようにキュッときつく内腿で顔を挟み付けてきた。

治郎ももがく腰を抱え込んで押さえ、胸を満たしながら陰唇の間に舌を挿し入れていった。

息づく膣口の襞をクチュクチュ掻き回すと、淡い酸味のヌメリが舌の動きを滑らかにさせ、さらにゆっくり味わいながら柔肉をたどり、クリトリスまで舐め上げていくと、

「アアッ……、いい気持ち……！」

真矢がビクリと顔を仰け反らせて喘ぎ、内腿にムッチリと強い力を込めた。

治郎がチロチロと舌先で弾《はじ》くようにクリトリスを刺激すると、新たな愛液がトロトロと漏れてきた。

それを掬い取って味わい、さらに彼は真矢の両脚を浮かせて、大きな水蜜桃のような尻に迫った。

谷間の奥には、薄桃色の蕾がひっそり閉じられ、細かな襞を震わせていた。

鼻を埋め込み、弾力ある双丘に顔中を密着させて嗅ぐと、やはり蒸れた汗の匂いが籠もって鼻腔を刺激してきた。

充分に嗅いでから舌先でチロチロと蕾を舐めて濡らし、ヌルッと潜り込ませて滑らかな粘膜を味わうと、

「く……！」

真矢が息を詰めて呻き、キュッと肛門で舌先を締め付けてきた。

治郎は内部で舌を蠢かせて執拗に粘膜を探り、ようやく脚を下ろして再び愛液が大洪水になっている割れ目に戻ってヌメリを掬い取り、クリトリスに吸い付いていった。

「も、もうダメ……」

絶頂を迫らせたように真矢が声を上ずらせて言い、身を起こしてきた。

彼も股間から這い出して仰向けになると、せがむように勃起した幹をヒクヒク震わせた。

心得たように、すぐにも真矢が顔を移動させ、股間に熱い息を籠もらせながら張り詰めた亀頭にしゃぶり付いてくれた。

「ああ、気持ちいい……」

今度は治郎は受け身になって喘ぐ番だった。

真矢も念入りに舌をからめて吸い付き、スッポリと根元まで呑み込んでペニス全体を生温かな唾液にまみれさせた。

小刻みにズンズンと股間を突き上げると、

「ンン……」

真矢は小さく呻きながら、顔を上下させスポスポと摩擦してくれた。

「ああ、いきそう。跨いで入れて……」

すっかり高まった治郎が言うと、真矢もすぐにスポンと口を引き離し、身を起こして前進してきた。

勃起した先端に濡れた割れ目を押し当て、彼女はゆっくり腰を沈めて亀頭を膣口に受け入れていった。

2

「アアッ……、いい……！」

真矢がヌルヌルッと滑らかに根元まで挿入すると、顔を仰け反らせて熱く喘いだ。そして完全に座り込み、ピッタリと股間同士を密着させてキュッときつく締め上げた。

治郎も熱く濡れた肉襞の摩擦と締め付けに包まれ、暴発を堪えて肛門を引き締めた。そして両手を伸ばして抱き寄せると、真矢も身を重ねてきた。

彼は両膝を立てて尻を支え、まだ動かず感触と温もりを味わいながら、下から唇を求めていった。

真矢も上からピッタリと唇を重ね、自分から舌を潜り込ませてくれた。

受け入れてチロチロとからめると、何とも心地よく滑らかな舌触りで、彼は滴る生温かな唾液をすすった。

もう我慢できずズンズンと股間を突き上げると、

「ああ……、いい気持ち……」

(良い、治郎殿、もっと……!)

真矢が口を離して喘ぎ、それまで黙って味わっていた小夜も声を上げた。

そして真矢も腰を遣い、徐々に動きを合わせてきた。

喘ぐ口から洩れる吐息を嗅ぐと、それはシナモン系の成分を含み、それに夕食の名残のオニオン臭も混じって悩ましく鼻腔を刺激してきた。

やはり美女の匂いは刺激的で濃厚なほど、一種ギャップ萌えの興奮剤となり、彼は貪るように嗅いで鼻腔を湿らせた。

「ね、僕の顔に思い切り唾を吐きかけて」

治郎は快感を高めながら、自分の恥ずかしい要求に幹を震わせた。

「ど、どうしてそんなことを……」

(な、なぜそのようなことをさせたがる……)

二人が呆れたように言った。

「他の男に決してしないことを、僕だけにされたい」

治郎は二人に答え、せがむように膣内で幹をヒクヒクさせると、

「いいの？　本当に……」

真矢も快感と興奮に乗じて言い、口中に唾液を溜めてくれた。

そして形良い唇をすぼめて迫ると息を吸い込んで止め、唇から僅かに滲ませた唾液をペッと吐きかけてくれた。

「ああ、もっと強く、いっぱい出して……」

かぐわしい息と微かな飛沫を感じただけなので、さらに彼はせがんだ。

すると一度して度胸が付いたように、真矢も多めの唾液を分泌させた。

元々こうしたことが平気で出来るような、きつい顔立ちをしているから良く似合い、彼も興奮が増した。

再び、真矢が強く吐きかけると息の匂いが悩ましく鼻腔を刺激し、生温かく小泡の多い唾液の固まりがピチャッと鼻筋を濡らし、彼の頬の丸みをトロリと伝い流れた。

「ああ、気持ちいい……」

治郎はうっとりと酔いしれ、股間の突き上げを速めていった。

（アア、中でもっと大きく硬くなってきた……）

小夜が感じ、納得したように喘ぎはじめた。

「ああ、自分より強い人にこんなことするなんて……」

真矢も興奮に息を弾ませ、彼の突き上げに合わせて激しく腰を動かした。

溢れる愛液に律動が滑らかになり、クチュクチュと淫らに湿った摩擦音が聞こえてきた。

「い、いきそう……」

「いいわ、私も……」

高まって言うと、真矢も答えて収縮を活発にさせてきた。

「ね、下の歯を僕の鼻の下に引っかけて……」

言うと、絶頂間近の彼女も素直に言いなりになってくれた。

口を開いて綺麗な下の歯並びを彼の鼻の下に当てると、口の中の熱気が湿り気を含んで鼻腔を刺激してきた。吐息のシナモン臭とオニオン臭、それに唾液の甘酸っぱい香りに下の歯の裏側の淡いプラーク臭まで混じり、悩ましく治郎の胸が甘美な匂いに満たされた。

彼はたちまち濃厚な吐息と肉襞の摩擦に包まれ、激しく昇り詰めてしまった。

「いく……！」

快感に口走ると同時に、熱い大量のザーメンがドクンドクンと勢いよくほとばしり、

「す、すごいわ……、アアーッ……！」

噴出を感じた真矢も同時にオルガスムスに達して喘ぎ、ガクガクと狂おしい痙攣を開始した。

（な、なんて心地よい……！）

小夜も声を上げ、大きな絶頂の快感に包まれたようだった。

まして密着しているから小夜は、真矢と治郎の快感を両方味わい、誰より大きな絶頂を迎えているのだった。

治郎は心ゆくまで快感を味わい、美女の吐息で胸を満たしながら、最後の一滴まで出し尽くしていった。すっかり満足しながら、徐々に股間の突き上げを弱めていくと、

「ああ……」

真矢も満足げに声を洩らし、肌の硬直を解いて力を抜いていった。

そのまま彼女は遠慮なく治郎に体重を預けてもたれかかり、まだキュッキュッと膣内の締め付けを繰り返した。

真矢も口を離したが、なおも彼は執拗に美女の唇に鼻を押し付けて熱い吐息を嗅ぎながら、うっとりと余韻を味わったのだった。

「こんなの初めて……」

真矢が力なく言い、思い出したようにビクッと肌を震わせていた。よほど大きな絶頂だったようで、しばらくは身を離す力も出ないようだ。

重なったまま荒い呼吸を混じらせていたが、ようやく彼女がそろそろと股間を引き離し、

「お風呂入って寝ますね……」

言いながらゆっくり立ち上がった。明日も朝から稽古があるから、そろそろ寝た方が良いだろう。

治郎も起き上がり、一緒に部屋を出てバスルームへと移動した。

「音で誰かが来ないかしら……」

脱いだものを抱えた真矢が心配そうに言ったが、

(大丈夫、誰か来そうになれば私が来ないように操る)

まだ余韻に浸っている小夜が言った。

「ああ、大丈夫だよ」

そうか、その手があったかと治郎は安心させるように言った。

中に入ってシャワーの湯を浴び、股間を洗い流すと、また治郎は例の衝動に駆られて床に座り込んだ。

「ね、ここに立って」

言うと真耶も、フラフラと従ってくれた。その片方の足を浮かせてバスタブのふちに乗せ、開いた股間に顔を埋めて腰を抱え、

「オシッコして……」

治郎はムクムクと回復しながらせがんだ。

「そ、そんなこと……」

真矢はビクリと尻込みしたが、まだ朦朧となり、さっきも色々なことをしたのだからと抵抗感も薄れているようだ。

「少しでいいから」

彼が言うと、真矢も息を詰めて尿意を高めてくれた。

舐めていると、すぐにも柔肉が蠢き、彼女がガクガクと膝を震わせた。

「で、出ちゃう……」

言うなり、チョロチョロと熱い流れがほとばしってきた。

治郎は口に受けて、やや濃い味わいと匂いを堪能して喉を潤した。

「アア……」

真矢が喘ぎながら腰をくねらすと流れが揺らぎ、熱い流れが彼の肌を心地よく濡らした。しかし、あまり溜まっていなかったか、間もなく流れは治まり、治郎が残り香の中で雫をすすると、

「も、もうダメ……」

真矢は言って脚を下ろし、椅子に座り込んでいった。

治郎は回復していたが、真矢は早く湯に浸《つ》かり、寝しなの歯磨きをして眠りたいだろうと、先に出ることにした。

「じゃまた明日ね」

「ええ、おやすみなさい……」

真矢が答え、治郎はバスルームを出て身体を拭き、そのまま部屋に戻った。

ペニスはすっかり勃起しているが、このまま寝ようか、それとも小夜の顔を見ながら抜こうか迷った。

（待って、安奈が来るわ……）

すると小夜が、姿を現さず心の中に語りかけてきた。

（え……？）

治郎は驚き、全裸だったので慌ててTシャツとトランクスを着た。そして間もなく軽く襖がノックされ、パジャマ姿の安奈が入ってきたのだった。

3

「ごめんなさい、いきなり……」

笑窪と八重歯の可憐な安奈が恐る恐る言い、回復していた治郎も激しく胸を高鳴らせた。

「いいよ、まだ眠くないからね」

彼は言い、さっきの真矢と同じく安奈を布団の端に座らせた。

治郎は、真矢との情事の残り香がないか気になったが、安奈は緊張でそれどころではないらしく、また治郎が誰かとセックスしていたかなどとは思いもしないだろう。

「一度眠ったのだけど目が覚めてしまって、お風呂の音がしたから誰か起きてると思って降りてきたの」

「そう、誰か寝しなに入ってるんだろう」

治郎が笑顔で答えた。しかし安奈は、風呂場を覗《のぞ》くことなく、この部屋へ来たのだから、最初からここへ来たかったのだろう。

(やはり、この生娘は相当な淫気を持って来たようだ)

小夜が、彼女の中に入って伝えてくれた。

小夜が言うのだから、安奈は正真正銘の処女なのだ。まあ彼女は女子高から女子大だし、剣道の有段者という以外は、まだまだ幼い部分を多く持っているのだろう。

安奈は自分から来たのに、あまりの緊張で何の話題も出せないようだ。あるいは、まだ夢でも見ている気分なのかも知れない。

「僕のこと好き?」

思いきって訊いてみると、安奈は驚いたようにつぶらな目をさらに大きくさせて、すぐに大きくこっくりした。

「じゃキスしてもいい?」

さらに訊くと、今度は小さく頷いた。

手を伸ばすと安奈も握ったので、そっと抱き寄せて唇を求めた。

（ああ、初めてとは、こんなにもときめくものなのか……）

小夜が、安奈の激しい動悸を受け止めて言った。まして子孫なので、他の人より感覚が合致しやすいのかも知れない。

治郎も胸を高鳴らせながら、無垢《むく》な唇をそっと奪った。

安奈は目を閉じてしがみつき、彼は唇から伝わるグミ感覚の弾力と唾液の湿り気を味わった。

間近に迫る頬は白桃のように産毛が輝き、舌を挿し入れて滑らかな歯並びと八重歯を舐めると、彼女も怖《お》ず怖《お》ずと歯を開いて侵入を許してくれた。

まあ十八歳の大学一年生なのだから、男女の仕組みや行為などの知識は充分に持っているだろう。

まして好奇心いっぱいなのだから、男同士以上に大胆に、同性の体験者の話なども聞いているに違いない。

潜り込ませて安奈の舌を探ると、彼女もチロチロと蠢かせ、次第に激しくからみつかせてくれた。

治郎は生温かな唾液に濡れ、滑らかに動く美少女の舌を味わい、パジャマの上から胸に手を這わせた。

「あん……」

安奈が口を離して喘ぎ、甘酸っぱい息を弾ませた。まるでイチゴかリンゴでも食べた直後のように、果実に似た可愛らしい匂いである。

もう寝しなの歯磨きからずいぶん経っているからハッカ臭は残っておらず、まして寝起きで、緊張もあって口中が乾き気味だから普段よりは匂いが濃いようだった。

「まだ何も知らないの？」

囁くと、安奈が小さく頷いた。

「自分でいじることはあるの？」

「こんなふうに、眠れない時たまに……」

彼女が正直に答えた。

「全部脱がせてもいい？」

訊くと安奈が頷き、治郎はパジャマのボタンを外していった。すると途中から覚悟を決めたように彼女が自分で脱ぎはじめた。

治郎も手早くTシャツとトランクスを脱いで全裸になり、脱いでゆく彼女の甘ったるい匂いを感じながらピンピンに勃起した。

小夜も彼の邪魔にならないように、というより、まるで自分の初体験を味わうように静かにしていた。子孫の安奈だけは小夜も操ることをせず、彼女の気持ちに任せているようだ。

やがてパジャマ上下を脱ぎ、下着も取り去ると、彼は一糸まとわぬ姿になった美少女を布団に仰向けにさせた。

「ああ、綺麗だよ、すごく」

治郎は、美少女の裸身を見下ろして言った。母親に似て肌は白く、奈津子のような巨乳になる兆しを見せるように、乳房もそれなりの膨らみを持って息づいていた。

彼はのしかかり、無垢な乳首にチュッと吸い付き、舌で転がしながら顔中で膨らみを味わった。

「あう……」

安奈がか細く呻き、クネクネと身悶えた。まだ快感より、くすぐったい感覚の方が大きいのかも知れない。

もう片方も含んで舐め回し、安奈の腕を差し上げて腋の下にも鼻を埋めて嗅いだ。湯上がりの匂いはするが、もう一眠りしていたから、それ以上に彼女本来の甘ったるい汗の匂いが感じられた。

スベスベの腋に舌を這わせると、

「あん、ダメ……」

彼女が喘いで身をよじり、彼の顔を腋から追い出してしまった。

治郎は彼女の愛らしい縦長の臍を舐め、ピンと張り詰めた腹部に顔を押し付けて若々しい弾力を味わった。

そして彼は真下に舌を這わせてゆき、安奈の股を開かせながら身を割り込ませ、股間に顔を迫らせていった。

どうせ湯上がりだから、足の指への愛撫は省略した。

初回からあまり衝撃を与えてはいけないし、爪先は今度蒸れているときに嗅いで味わえば良いだろう。合宿が終われば縁の切れる他の子と違い、安奈とはずっと親戚同士なのである。

やがて彼は美少女の白くムッチリした内腿を舐め上げ、熱気と湿り気の籠もる無垢な股間に目を凝らした。

ぷっくりした丘には楚々とした若草が、恥じらうようにほんのひとつまみほど煙り、割れ目からはみ出す花びらは小振りで綺麗なピンク色だった。

そっと指で陰唇を左右に広げると、

「アア……」

安奈が、初めて人に触れられて熱く喘いだ。

中の柔肉はヌメヌメと清らかな蜜に潤い、処女の膣口も花弁のように襞を入り組ませて妖しく震えていた。

小さな尿道口も確認でき、包皮の下からは小粒のクリトリスが光沢ある顔を覗かせていた。

何という清らかな眺めであろう。

「ああ、恥ずかしい……」

安奈が彼の視線と息を感じて喘ぎ、内腿をヒクヒク震わせた。

もう堪らずに彼は顔を埋め込み、柔らかな若草に鼻を擦りつけて嗅ぐと、湯上がりの香りばかりでなく、淡い汗とオシッコの匂い、それに処女特有の恥垢《ちこう》か、ほのかなチーズ臭も混じって感じられた。

治郎は熱気を貪るように嗅ぎながら、舌を這わせていった。

陰唇の間に差し入れて膣口をクチュクチュ掻き回し、ゆっくり小粒のクリトリスまで舐め上げていくと、

「アアッ……！」

安奈がビクッと反応して喘ぎ、内腿でキュッときつく彼の顔を挟み付けた。

治郎がチロチロと探るようにクリトリスを舐めると、処女でも母親に似て濡れやすく、すぐにもトロトロと大量の愛液が漏れてきた。

舌で蜜を掬い取って味わうと、やはり淡い酸味のヌメリが感じられた。

充分に味と匂いを堪能してから、彼は安奈の両脚を浮かせ、まるでオシメでも替えるような格好にさせて、白く形良い尻に迫った。

谷間には、薄桃色の蕾がひっそり閉じられ、視線を受けて恥じらうようにキュッキュッと収縮していた。

鼻を埋めて嗅いでも、微かに蒸れた匂いがあるだけで、彼は顔中で双丘の弾力を味わいながら舌を這わせた。そして充分に震える襞を濡らし、ヌルッと潜り込ませると、

「あう……！」

安奈が呻き、キュッと肛門で舌先を締め付けてきた。

治郎は中で舌を蠢かせ、滑らかな粘膜を味わった。

そして充分に味わってから脚を下ろし、再び割れ目を舐めてヌメリをすすり、クリトリスに吸い付きながら、処女の膣口に指を挿し入れてみた。

さすがにきついが潤いが充分なので、指はヌルヌルッと熱い内部に吸い込まれていった。

彼はクリトリスを舐めながら、挿入に備えて膣内を揉《も》みほぐすように、指の腹で内壁を小刻みに擦った。

4

「も、もうダメ、変になりそう……」

安奈が降参するように嫌々をして言い、治郎の指をキュッときつく締め付けながら腰をよじらせた。

彼は舌を引っ込め、ヌルッと指を引き抜いて股間から離れた。

そして添い寝し、安奈の手を握って強ばりに導くと、彼女も恐る恐る触れながら、ほんのり汗ばんだ柔らかな手のひらに包み込んでくれた。

「ああ、気持ちいい……」

治郎が快感に喘ぎ、美少女の手の中でヒクヒクと幹を震わせた。

「動いてるわ……。ね、近くで見てもいい……？」

受け身から解放されると、安奈は急激に好奇心を前面に出して囁いた。

「うん、好きなように可愛がって」

治郎は答え、仰向けになって股を開いた。

すると安奈も目をキラキラさせ、熱く息を弾ませながら移動して彼の股間に腹這い、可憐な顔を迫らせてきた。

「変な形。邪魔じゃないのかしら……」

彼女は無垢な視線を這わせ、勃起して震える肉棒に目を凝らした。

そろそろと指を這わせ、張り詰めた亀頭から幹を撫で下ろすと陰嚢に触れ、二つの睾丸を確認するようにそっと探ると、袋をつまみ上げて肛門の方まで覗き込んできた。

「ああ……」

治郎は、美少女の無邪気な指の蠢きと、無垢で熱い視線と吐息を股間に感じながら喘いだ。

一通り観察すると、安奈の興味は再び肉棒に戻ってきた。

指を這わせながら、とうとう顔を寄せて舌を伸ばし、裏筋をゆっくり舐め上げてくれた。

滑らかに濡れた舌がペニスの裏側をたどり、恐る恐る股間を見ると、とびきりの美少女がまるでソフトクリームでも舐めるように可憐な顔で先端まで舌を這わせてきた。

安奈は、ついさっきこのペニスが真矢とセックスしたなどとは夢にも思わないだろう。

そして安奈は粘液の滲む尿道口も厭わず、舌先でチロチロと舐めてヌメリを拭い、張り詰めた亀頭にもしゃぶり付いてきたのだ。

「き、気持ちいい……」

治郎は快感に喘ぎ、肛門を引き締めて暴発を堪えた。

何しろ、ファーストキスを終えたばかりの舌がペニスを舐めているのである。

さっき真矢を相手に射精していなかったら、あっという間に果てていたかも知れない。

さらに安奈は、小さな口を精一杯丸く開いて喉の奥まで呑み込んできた。

たちまち彼自身は、美少女の清らかな口腔に深々と含まれた。

「ンン……」

先端で喉の奥を突かれ、安奈は小さく呻きながらも、たっぷり唾液を溢れさせぎこちなく愛撫してくれた。

たまに触れる歯の感触も新鮮な刺激で、彼女は熱い鼻息で恥毛をそよがせながら幹を丸く締め付けて吸い、クチュクチュと舌を蠢かせた。

ペニスは美少女の清らかな唾液に生温かく浸り、彼は思わずズンズンと小刻みに股間を突き上げた。

すると安奈も顔を上下させ、濡れた口でスポスポと摩擦してくれた。

下向きなので、溢れる唾液が生温かく陰嚢の脇も濡らしてきた。

「い、いきそう……、待って……」

すっかり高まった治郎が言うと、安奈も動きを止めて顔を上げ、チュパッと軽やかな音を立てて口を離した。

このまま無垢な口を汚し、飲んでもらうのも魅力だが、やはり処女を奪いたかったし、彼女もその覚悟と決意できたのだろう。

身を起こした治郎は、入れ替わりに再び安奈を仰向けにさせた。

本当は女上位が好きなのだが、彼女の初体験は、やはり受け身にさせる正常位が良いだろう。

股を開かせて股間を進めると、安奈も上気した頰をやや緊張に引き締めて笑窪を浮かべた。

治郎は幹に指を添えて先端を割れ目に当て、ヌメリを与えて揉みほぐすように擦り付けながら位置を定めていった。

そして呼吸を計りながら、張り詰めた亀頭を潜り込ませると、処女膜が丸く押し広がり、あとは潤いに任せヌルヌルッと根元まで挿入していった。

「あう……」

安奈が眉をひそめて呻き、

（ああ、初めての時は痛い、でも嬉しい……）

感覚を共有する小夜が、安奈の気持ちを代弁するように言った。

小夜も、初めて張り型を挿入した時を思い出しているのだろう。

治郎も滑らかに押し込んで股間を密着させ、熱いほどの温もりときつい締め付けを味わいながら、脚を伸ばして身を重ねていった。

「アア……！」

安奈が喘ぎ、下から両手を回して激しくしがみついてきた。

治郎も胸で弾力ある乳房を押しつぶし、まだ動かず、初めて処女を征服した感激と快感を嚙み締めた。

じっとしていても、膣内は侵入した異物を確かめるように、キュッキュッときつい収縮を繰り返していた。

「大丈夫……?」

気遣って囁くと、安奈は薄目で彼を見上げ、健気に小さくこっくりした。

治郎も上からのしかかり、美少女の喘ぐ口に鼻を押し付け、何とも甘酸っぱい吐息を嗅いでいるうち堪らなくなり、様子を探るようにズンズンと小刻みに腰を突き動かしはじめた。

幸い潤いは充分なので、すぐにも動きが滑らかになり、いったん動くと快感に気遣いも忘れて腰が止まらなくなってしまった。

クチュクチュと湿った摩擦音が聞こえてくると、

「アアッ……。何だか……」

安奈が熱く喘いだ。

「痛い? 止《よ》そうか?」

「ううん、何だかいい気持ち……」

安奈が答え、収縮を強めてきた。

もちろん初回から感じる場合もあるだろうが、あるいは小夜が子孫のため、自分の快感を伝えているのかも知れない。

本当は自然のまま成長する方が良いのだろうが、小夜も夢中で安奈と一体になり、無意識に感覚を混じらせているのではないか。

治郎も夢中になって、いつしか股間をぶつけるように激しく動き、きつい締め付けと摩擦、果実臭の吐息に酔いしれながら昇り詰めてしまった。

もっと味わいたいが、初回だから長く保たせるのも酷であろう。

「く……！」

彼は突き上がる大きな絶頂の快感に呻き、熱い大量のザーメンをドクンドクンと柔肉の奥にほとばしらせてしまった。

「ああッ……！」

（き、気持ちいいッ……！）

二人が同時に声を上げた。小夜は彼の快感まで吸収し、それが安奈にまで流れ込んだのかも知れない。

安奈は激しくしがみつきながら、無意識にズンズンと股間を突き上げ、ガクガクと狂おしい痙攣を繰り返した。

中に満ちるザーメンで、さらに動きがヌラヌラと滑らかになった。

治郎も心ゆくまで快感を嚙み締め、最後の一滴まで出し尽くしてしまった。

（ああ、とうとう母娘の両方としてしまった……）

彼は思い、すっかり満足しながら徐々に動きを弱めていった。

いつしか安奈も破瓜の痛みなど吹き飛んでいるように、初めての快感と感激に満足げに肌の強ばりを解き、荒い呼吸を繰り返しながらグッタリと四肢を投げ出していた。

彼は息づく膣内で、ヒクヒクと過敏に幹を震わせ、美少女の甘酸っぱい口の匂いを胸いっぱいに嗅ぎながら、うっとりと余韻を味わった。

やがて呼吸を整えると、治郎はそろそろと身を起こして股間を引き離した。

ティッシュで手早くペニスを処理しながら、安奈の股間に屈み込んで割れ目を観察した。

小振りの陰唇が痛々しくめくれ、膣口から逆流するザーメンに、ほんの少しだけ鮮血が混じっていた。

しかし出血は少なく、もう止まっているようだ。

彼は優しくティッシュを当てて拭ってやり、身を任せている安奈も後悔している様子はないので安心したものだった。

5

「まだ中に何か入っているみたい……」

身体を洗い流すと、安奈がとろんとした眼差しで言った。念願の初体験をし、ほっとしているようだ。

バスルーム内には、まだ真矢の匂いが微かに残っていたが、安奈は気にならないらしい。

「ね、顔を跨いで」

治郎は広い洗い場に仰向けになり、彼女の手を引いて顔に跨がらせた。

「ダメよ、こんなの恥ずかしいから……」

安奈はむずがるように言いながらも、引き寄せられるまま彼の顔にしゃがみ込み、M字になった脚をムッチリと張り詰めさせた。

「オシッコ出してみて」

「ええっ、無理よ、そんなこと……」

真下から言うと安奈がビクリと身じろぎ、

（また、そんなことをさせて……）

小夜が呆れたように言った。

もちろん治郎自身は、またもやムクムクと回復しはじめていた。

（なんて贅沢《ぜいたく》な夜だろう……）

彼は思った。何しろ二十歳の真矢と、とびきり美少女の安奈を立て続けに味わっているのである。

そして新たに溢れはじめた蜜を舐め取り、チュッとクリトリスに吸い付くと、

「あう、ダメ、吸ったら出ちゃいそう……」

安奈が、その気になったように声を上ずらせて言った。あるいは、しなければ終わらないのだからと、小夜が操作してくれたのかも知れない。

なおも吸い付いては割れ目内部を舐め回していると、たちまち淡い酸味の味わいが変化した。

「く……、出る……」

彼女が言って股間を引き離そうとしたので、両手で抱えて抑えつけると、たちまちチョロチョロと熱い流れがほとばしってきた。

それを口に受けると、何とも清らかな温もりと味わいが伝わった。

仰向けなので噎せないよう気をつけながら喉に流し込むと、流れは淡い匂いをさせて勢いを付けてきた。

口から溢れた分が頬から耳まで濡らし、それでもすぐに勢いが衰え、あまり溜まっていなかったように間もなく流れは治まってしまった。

治郎は残り香の中、ポタポタ滴る雫をすすり、濡れた割れ目内部をクチュクチュと探るように掻き回した。

「も、もうダメ……」

安奈が言ってビクリと股間を引き離してしまった。

「じゃ、こうして……」

もう一回射精しなければ治まらなくなっている治郎が引き寄せて言い、彼女をバスルームの床に添い寝させた。

そのまま腕枕してもらいながらペニスを握らせ、安奈に上から唇を重ねてもらって執拗に舌をからめた。

彼女もニギニギとペニスを愛撫してくれ、滑らかに舌をからめてくれた。

いかに快感があったとはいえ、そして小夜がついているとはいえ、連続しての挿入は気の毒だろう。

「もっと唾を出して……」

治郎が囁くと、安奈も懸命に唾液を溜めてトロトロと口移しに注ぎ込んでくれた。生温かく、プチプチと弾ける小泡の全てに甘酸っぱい果実臭が含まれているようだ。

彼はうっとりと喉を潤して酔いしれ、美少女の手のひらの中で歓喜にヒクヒクと幹を震わせた。

「しゃぶって……」

さらに彼はせがみ、安奈のかぐわしい口に鼻を押し込んだ。彼女も舌を這わせて、鼻の穴から鼻筋まで舐め回してくれた。

そのまま顔中を擦り付けると、たちまち治郎の顔中は美少女の清らかな唾液にヌラヌラとまみれた。

唾液と吐息の甘酸っぱい匂いが鼻腔の奥にある嗅繊毛《きょせんもう》を刺激し、彼は堪らずに激しく絶頂を迫らせていった。

「お、お願い、お口でして……」

治郎が切羽詰まった声で言うと、安奈も腕枕を解いて顔を移動させ、幹を握っている股間に迫ってくれた。

「先にここも……」

両脚を浮かせて抱え、尻を突き出すと安奈も厭わず尻の谷間に舌を這わせてくれ、チロチロと肛門をくすぐり、ヌルッと潜り込ませてくれた。

「あう、いい……」

治郎は妖しい快感に呻き、美少女の舌先を味わうように肛門でモグモグと締め付けた。彼女が奥で舌を蠢かすと、ペニスがヒクヒクと上下に震えて尿道口から粘液を滲ませた。

「ここも……」

脚を下ろして陰嚢を指すと、彼女はそこにも舌を這わせ、二つの睾丸を心地よく転がしてくれた。

「じゃ、ここしゃぶってね」

治郎は高まり、幹に指を添えて先端を鼻先に寄せると、安奈も顔を上げて亀頭にしゃぶり付いてきた。

そのままモグモグとたぐるように喉の奥まで呑み込み、幹を締め付けて吸いながら熱い息を股間に籠もらせ、舌を蠢かせてくれた。

「こっちを跨いで……」

（いちいち注文が多い。思うだけで私がしてあげるのに）

治郎が言うと小夜が答え、安奈がペニスを咥《くわ》えたまま身を反転させてから彼の顔を跨ぎ、女上位のシックスナインの体勢になってきた。

向きが逆になると、安奈の鼻息が陰嚢をくすぐってきた。

彼は下から割れ目に顔を埋め、溢れる蜜をすすりながらクリトリスを舐め、ズンズンと股間を突き上げはじめた。

「ンン……」

刺激された安奈が、喉の奥を突かれて呻き、自分も顔を上下させてスポスポと強烈な摩擦を開始してくれた。

治郎の目の上に美少女のピンクの肛門があり、可憐に収縮していた。

ペニス全体は生温かな唾液にまみれ、唇の摩擦と舌の蠢きに、とうとう彼は激しく昇り詰めてしまった。

「お、お願い、飲んで……！」

大きな快感に貫かれながら口走ると、同時にありったけの熱いザーメンがドクンドクンと勢いよくほとばしって安奈の喉の奥を直撃した。

「ク……」

噴出を受けて小さく呻き、それでも彼女は吸引と摩擦、舌の蠢きを続行してくれた。

治郎は美少女の口を汚すという禁断の思いも加えながら快感を嚙み締め、心置きなく最後の一滴まで出し尽くしていった。

満足しながら突き上げを弱めていくと、彼女も上下運動と吸引を止め、亀頭を含んだまま口に溜まったザーメンをコクンと一息に飲み込んでくれた。

「あう、気持ちいい……」

嚥下《えんげ》とともに口腔がキュッと締まり、彼は駄目押しの快感に呻いた。

快感を得たのは彼だけなのに、安奈も興奮を高めていたように、割れ目からは新たな愛液がツツーッと滴ってきた。

ようやく安奈が口を離すと、なおも幹をしごき、尿道口に脹らむ余りの雫まで丁寧にペロペロと舐め取ってくれた。

「あうう、も、もういいよ、有難う……」

治郎がクネクネと腰をよじって呻き、過敏に幹を震わせた。

やっと安奈も舌を引っ込めて身を起こし、向き直って添い寝してくれた。

治郎もしがみつき、呼吸が整うまで抱いてもらった。

「生臭いわ。でも生きた精子なのね……」

安奈は囁き、それほど気持ち悪そうでもなくチロリと舌なめずりした。

治郎は美少女の温もりに包まれ、甘酸っぱい吐息を胸いっぱいに嗅ぎながら、うっとりと余韻を嚙み締めた。

彼女の吐息にザーメンの生臭さは残っておらず、さっきと同じ可愛らしい果実臭がしていた。

「これで、ぐっすり眠れそう……」

「うん、明日もあるからね、もう寝た方がいいよ」

治郎は言い、一緒に身を起こしてもう一度シャワーの湯を浴びた。

「じゃ、おやすみなさい」

身体を拭くと安奈は脱衣所でパジャマを着ると、足音を忍ばせて自分の部屋へと戻っていった。

それを見送り、治郎も灯りを消して自分の部屋に戻った。

「やっぱり、安奈の気持ちが一番多く伝わった……」

小夜が姿を現して言い、彼女もすっかり満足したようだった。

「そう、良かった」

治郎もTシャツとトランクス姿で横になって答え、さすがに今日は満足して眠りに就いたのだった。

第四章　若い蜜と熟れ肌の宴

1

「実は、少々具合が悪いというのは仮病なんです」

江梨花が、自分の部屋に招いた治郎に言った。

午後のランニングを休んだ彼女に呼ばれたので、次郎も密《ひそ》かに期待して股間を熱くさせていたのだ。

今日は午前中、治郎もジャージ姿で少しだけ稽古を見てやった。もう防具は着けずアドバイスにとどめたが、みな喜んで治郎の、というより小夜の技を吸収していた。

そして昼食を終えると、奈津子が買い物に出て、コーチの佳江も含めた三人は山へランニングに出たところだった。

江梨花は主将で、長身の颯爽たるソバカス美女。しかし表情は冷たくツンとした感じで、下級生からは恐れられているようだ。

二階の客室はベッドに、備え付けのクローゼットと小さな机だけだ。

室内には、甘ったるい女子大生の体臭が生ぬるく籠もり、早くも治郎はムクムクと勃起してきた。

小夜もまた、まだ味わっていない江梨花に興味津々のようである。

「そう、仮病なら安心したけど、どうして？」

「治郎さんと二人になりたかったから。私、彼氏もいなくて一年生の頃に合コンで知り合った人としたけれど、全然良くないし興味の湧く男もいなかったので、ずっと一人でしてきました。でも、治郎さんとならと思うと、すごく心が動いたんです」

江梨花は表情も変えず、一見淡々と言った。

（もう濡れはじめている……）

しかし小夜が報告すると、治郎も自分から積極的になることにした。

「そう、じゃ僕としてくれる？」

「ええ、嫌じゃなかったら」

「じゃ脱ごうか。全部」

治郎が言ってジャージを脱ぎはじめると、江梨花も手早く脱ぎ、見る見る汗ばんだ白い肌を露わにしていった。

シャワーも浴びていないが、それに気づかないほど彼女は激しく淫気が高まっているようだった。

先に全裸になると彼はベッドに横になり、枕に沁み付いた江梨花の匂いに刺激されると、はち切れそうに勃起していった。

やがて背を向けた江梨花が最後の一枚を脱ぎ去るとき、白く形良い尻が突き出され、彼の幹がピクンと反応した。

実にしなやかそうな肢体で脚が長く、向き直ると乳房はそれほど豊かではないが張りに満ちていそうだった。

彼女がベッドに近づくと、顔だけでなく胸元にも淡いソバカスがあり、何やらエキゾチックな雰囲気を醸し出していた。

「私、自分からする方が好きなんです……」

「いいよ、何でも好きなようにしても」

江梨花の言葉に期待を高め、治郎は身を投げ出して答えた。

すると彼女は、すぐにもベッドに乗って、真っ先に彼の股間に顔を寄せてきたのである。

「こんなに勃って、嬉しい……」

呟《つぶや》くように言い、そっと幹に指を添えると舌を伸ばし、尿道口をヌラヌラと舐め回しはじめたのだった。

「ああ……」

唐突な快感に彼は喘ぎ、ヒクヒクと幹を震わせて愛撫を受け止めた。

江梨花は慈しむように張り詰めた亀頭を舐め、スッポリと喉の奥まで呑み込んでいった。

生温かく濡れた口腔がキュッと締まって吸い付き、熱い息を股間に籠もらせながらクチュクチュと舌をからめてきた。

たちまちペニス全体はネットリと唾液にまみれて震え、さらに江梨花は顔を上下させてスポスポと貪るように摩擦を繰り返した。

治郎もすっかり最大限に勃起して高まり、熱く息を弾ませた。

「も、もういい、出ちゃうといけないから……」

急激に絶頂を迫らせた彼が言うと、江梨花もスポンと口を離して顔を上げた。

「いいですよ、口に出しても」

言って、またしゃぶり付こうとする。どうやら自分の快楽より、相手を心地よくさせるのが好きなタイプか、あるいは思いのまま男を翻弄するのが性に合っているのかも知れない。

「いや、まだ勿体《もったい》ないからね」

治郎は身を起こして言い、入れ替わりに彼女を仰向けにさせた。

そして彼は屈み込み、まず江梨花の足裏に舌を這わせ、形良く揃った指の間に鼻を割り込ませて嗅いだ。

「あう、そんなところを……」

江梨花は驚いたように言って身を強ばらせたが、拒みはしなかった。

指の股は朝からの稽古で汗と脂にジットリ湿り、蒸れた匂いが濃厚に沁み付いて鼻腔を刺激してきた。

治郎は存分に匂いを吸収してから爪先にしゃぶり付き、順々に指の股にヌルッと舌先を割り込ませて味わった。

「く……、汚いですから……」

江梨花がビクリと脚を震わせて言ったが、治郎は両足とも味と匂いを貪り尽くしてしまった。

そして大股開きにして脚の内側を舐め上げ、白くムッチリした内腿をたどって股間に迫っていった。中心部に目を凝らすと、小夜が言った通り、割れ目は大量の愛液にヌラヌラと潤っていた。

丘の茂みは程よい範囲に煙り、はみ出した陰唇は綺麗なピンクをして、指で広げると膣口も妖しく濡れて息づいていた。

包皮を押し上げるようにツンと勃起したクリトリスは実に大きく、親指の先ほどもあって光沢を放ち、何やらこれが江梨花の勝ち気さと強さの根源のような気がした。

「な、舐めなくていいですよ。私、苦手なんです……」

股間に熱い視線を感じながら江梨花が言ったが、

(大丈夫。ろくにされていないから恥ずかしいだけ)

小夜が言ってくれた。どうやら合コンで知り合った男はろくに舐めず、奉仕させるばかりのダメ男だったのだろう。

それで江梨花も、されるよりも自分から相手を翻弄する側に落ち着いたのかも知れない。

「いいよ、じっとしていて」

治郎は言って顔を埋め込み、柔らかな茂みに鼻を擦りつけて嗅いだ。

生ぬるく甘ったるい汗の匂いが濃厚に籠もり、それに蒸れた残尿臭も混じり、悩ましく彼の鼻腔を刺激してきた。

舌を這わせると淡い酸味のヌメリが迎え、彼は膣口の襞を掻き回し、ゆっくり大きなクリトリスまで舐め上げていった。

「く……」

江梨花が奥歯を噛み締めて呻き、ビクリと内腿を硬直させた。まるで、喘いだら負けとでも思っているように我慢しているようだ。

チロチロとクリトリスを舐めてチュッと吸い付き、味と匂いを堪能すると、さらに彼は江梨花の両脚を浮かせ、引き締まった尻の谷間に迫った。

ピンクのおちょぼ口をした蕾が襞を震わせて収縮し、鼻を埋めると秘めやかな微香が蒸れて籠もっていた。

嗅いでから舌を這わせ、ヌルッと潜り込ませて滑らかな粘膜を味わうと、

「あう……」

江梨花が短く呻き、キュッと肛門で舌先を締め付けてきた。舌を蠢かすと、粘膜が妖しく締まり、舌が吸い込まれるような収縮をした。

彼は淡く甘苦いような粘膜を味わってから舌を離し、左手の人差し指を浅く肛門に潜り込ませ、大量の愛液にまみれた膣口には、右手の二本指を入れ、さらに再び大きなクリトリスに吸い付いた。

(ああ、治郎殿、すごい……！)

小夜が、最も感じる三カ所を同時に愛撫されて喘ぎ、彼も前後の穴に指を締め付けられながら小刻みに動かして内壁を擦った。

「い、いい……、もっと強く、アアッ……！」

とうとう喘ぎ声を出すまいとしていた江梨花が、激しく悶えて声を洩らした。

治郎も前後の穴で指を蠢かせ、クリトリスを舐め回した。

「い、いきそう、お願い、入れて……！」

江梨花が早口に言うと、彼もそれぞれの穴からヌルッと指を引き抜いて舌を引き離した。肛門に入っていた指に汚れはなく、爪にも曇りはないが生々しい微香が感じられた。

膣に入っていた二本の指は白っぽく攪拌《かくはん》された愛液にまみれ、指の間は膜が張るほどで、指の腹は湯上がりのようにふやけてシワになっていた。

江梨花は力が抜け、とても起きられないようなので正常位で挿入しようと身を起こすと、

「こ、これをお尻に入れて……」

と、枕元にあったポーチから何かを取り出して治郎に渡したのだった。

2

「これは……」

治郎は、手渡されたものを見た。それはピンク色をした楕円形のローターで、コードが伸びて電池ボックスに繋《つな》がっていた。

どうやら彼氏のいない江梨花は、こうした器具を使ってクリトリスを刺激し、自分で慰めていたのだろう。

彼も興味を覚えて再び江梨花の股間に腹這うと、彼女も自ら両脚を浮かせて尻を抱えた。

治郎は唾液に濡れた肛門にローターを押し当て、親指の腹でゆっくり押し込んでいった。

細かな襞が伸びきって蕾が丸く押し広がり、江梨花も括約筋を緩めているようで見る見るローターが潜り込んでしまった。

見えなくなると、あとは元通り閉じた肛門からコードが伸びているだけで、彼が電池ボックスのスイッチを入れると、奥からブーン……と低く、くぐもった振動音が聞こえてきた。

「あう、いい……、どうか、前に入れて下さい……！」

江梨花がクネクネと身悶えながら言い、治郎も身を起こして股間を迫らせた。

先端を濡れた割れ目に擦りつけて位置を定めると、江梨花も身構えるように息を詰めていた。

ゆっくり挿入していくと、大量の潤いでペニスはヌルヌルッと滑らかに根元まで吸い込まれていった。

「アア……！」

股間が密着すると、江梨花が喘いで両手を伸ばしてきた。

彼も深々と貫きながら、抱き寄せられるまま脚を伸ばして身を重ねていった。

直腸にローターが入っているため膣内の締まりも倍加し、しかも間の肉を通してペニスの裏側にも妖しい振動が伝わってきた。

だから動かなくても、果てそうなほど彼は高まってしまった。

屈み込んでチュッと乳首に吸い付き、舌で転がしながら顔中で張りのある膨らみを味わい、彼は左右の乳首を充分に味わった。

さらに腋の下にも鼻を埋め込むと、甘ったるい汗の匂いが濃厚に籠もり、悩ましく鼻腔を満たしてきた。

そして淡い汗の味のする首筋を舐め上げ、ピッタリと唇を重ねていくと、

「ンン……」

江梨花が目を閉じて熱く呻いた。

舌を挿し入れて綺麗な歯並びを舐めると、彼女も舌を伸ばしてヌラヌラとからみつけてきた。

生温かな唾液にまみれて滑らかに蠢く舌を味わっている間にも、振動と収縮が続いて、彼女の腰がガクガクと跳ね上がりはじめた。

「アア、い、いきそう……！」

唾液の糸を引いて口を離すと、彼女が顔を仰け反らせて喘いだ。

口が開かれると、ヌメったピンクの歯茎が何とも艶めかしく覗いた。あるいは彼女は、このガミースマイルを気にして、滅多に笑顔を見せないのではないかと思った。

熱く湿り気ある吐息は、濃厚に甘酸っぱい匂いをさせていた。安奈の果実臭に似ているが、もっと濃くて熟した感じである。

治郎は悩ましい匂いに酔いしれながら、もう堪らずに腰を突き動かしはじめ、肉襞の摩擦ときつい締め付けに高まっていった。

大量に溢れる愛液が律動を滑らかにさせ、すぐにもピチャクチャと淫らな摩擦音が聞こえてきた。

（い、いく……、すごい……！）

小夜が、初めての感覚に声を震わせ、一足早くオルガスムスに達してしまったようだ。そして、その影響を受けたか、たちまち続いて江梨花自身も狂おしい痙攣を開始した。

「い、いい気持ち……、アアーッ……！」

江梨花が身を弓なりにさせて喘ぎ、膣内の収縮を最高潮にさせ、完全に大きなオルガスムスに包まれたようだった。

治郎も濡れて蠢く膣内で揉みくちゃにされながら、そのまま絶頂に達した。

「く……、気持ちいい……！」

大きな快感に口走ると同時に、熱い大量のザーメンをドクンドクンと勢いよく中にほとばしらせると、

「あう、もっと……！」

噴出を感じた江梨花が、駄目押しの快感を得て呻いた。

治郎は心ゆくまで快感を味わい、股間をぶつけるように激しく動きながら、最後の一滴まで出し尽くしていった。

そして満足しながら動きを止め、グッタリと身を預けていくと、

「ああ……」

江梨花も声を洩らし、力を抜いて四肢を投げ出していった。

互いの動きが完全に止まり、身を重ねて荒い息遣いを混じらせていても、まだ彼女の奥からはローターの振動音が続いていた。

（す、すごすぎて、もう動けない……）

小夜も言ったが、誰かに乗り移っていれば動く必要はないだろう。

治郎はのしかかったまま、江梨花の濃厚な吐息を嗅いで余韻を噛み締めた。

しかし収縮と振動でペニスが過敏に震えるので、彼は呼吸が整わないうちに身を起こした。

そして股間を引き離し、電池ボックスのスイッチを切った。

ちぎれないよう注意してコードを握り、ゆっくり引き抜いていくと、

「く……」

江梨花も呻き、懸命に力を抜いた。

見る見る蕾が丸く押し広がり、奥から楕円形のローターが顔を覗かせ、やがて排泄《はいせつ》するようにツルッと抜け落ちた。

開いた肛門は一瞬滑らかな粘膜を見せたが、すぐにつぼまって元の可憐な形状に戻った。

ローターには汚れの付着も曇りもないが、彼はティッシュに包んで置き、ペニスも拭き清めた。

「ああ……、オナニーでなく、男にされていったのは初めて……」

江梨花が、まだ力ない声でか細く言った。長身の美女なのに、良い男には巡り会っていなかったようだ。

やがて彼女も自分で割れ目を処理し、呼吸を整えて起き上がった。

「シャワーは？」

「いいです。すぐに良くなったから、道場で自主トレしていたことにするので」

江梨花は言い、汗ばんだまま稽古着と袴を着けはじめたのだった。

治郎もそのまま身繕いをし、彼女の部屋を出て階下に戻ると、手だけ洗ってから道場に行ったのだった。

3

「じゃ、今日はこれまで！」

夕方になって佳江が言うと、一同は礼を交わして稽古を終えたのだった。

江梨花は一応、体調の様子を見るためということで防具は着けず皆の指導に当たった。

そして彼女の防具を治郎が借りて、また安奈や真矢に稽古をつけてやったのだった。

江梨花の匂いの籠もる面を着け、再び治郎はモヤモヤしてしまったが、余韻から覚めた小夜が張り切って彼の肉体を操ってくれた。

やがて道場の掃除をしてから一同は風呂に行き、全員が済むと治郎も入浴し、バスルーム内に籠もった女子大生たちの匂いに股間を熱くさせた。

そして皆で夕食し、ミーティングのあと一同は各部屋へと引き上げていった。

治郎も自分の部屋へ戻ると、何と間もなく、一人だけ寝しなに入浴するつもりだった奈津子がパジャマ姿で入って来たのである。

あるいは小夜が、治郎が喜ぶように、入浴前でナマの匂いをさせたまま来させてくれたのかも知れない。

もう連中も休むようで、降りてくることもないだろう。

「いいかしら。あれから、どうにも……」

熱い淫気に燃える眼差しで治郎に言うと、彼も急激に高まってきた。

「ええ、じゃ脱ぎましょう」

治郎は答え、すぐにも脱ぎはじめると、奈津子も手早くパジャマを全て脱ぎ去り、熟れ肌を晒して布団に横になった。

治郎も全裸になって添い寝し、甘えるように腕枕してもらうと真っ先に腋の下に鼻を埋め込んで嗅いだ。

「あう、ダメ……、まだお風呂入っていないので、すぐ入れてほしいのに……」

奈津子がビクリと反応して言いながらも、どうして入浴後に来なかったか自分でも分からないようだった。

そんな、いきなり挿入などという勿体ないことは出来ない。

治郎は、湯上がりだった前回と違い、色っぽい腋毛に籠もる、何ともミルクのように甘ったるく生ぬるい汗の匂いで鼻腔を満たし、夢中で嗅ぎながらうっとりと酔いしれた。

しかも彼にとって奈津子は、初めての素人女性だから思い入れも強かった。

治郎は美熟女の体臭で胸を満たしながら巨乳を探り、やがてのしかかってチュッと乳首に吸い付いていった。

「アア……」

奈津子も仰向けの受け身体勢になり、戸惑いのあった前回と違い、今夜はすぐにも熱く喘ぎはじめた。

治郎も顔中を柔らかな巨乳に埋め込んで感触を味わい、左右の乳首を交互に含んで舐め回した。

充分に味わってから白く滑らかな熟れ肌を舐め降り、形良い臍を探って下腹の張りを顔中で堪能し、まばらな体毛のある脛も念入りに舌を這わせた。

そして足首まで行くと足裏に回り、踵から土踏まずを舐め、指の股に鼻を割り込ませて嗅いだ。

今日は汗と脂にジットリ湿り、ムレムレの匂いが濃厚に沁み付き、彼が爪先にしゃぶり付いて指の間に舌を挿し入れて味わうと、

「く……、ダメよ、汚いから……」

奈津子が、ペットの悪戯《いたずら》でも叱るように言い、唾液に濡れた指先で彼の舌先をキュッと挟み付けてきた。

治郎は両足とも、全ての指の股をしゃぶり、味と匂いが薄れるほど貪り尽くしてしまった。

そして震える両脚を全開にして脚の内側を舐め上げ、ムッチリした内腿をたどって熱気と湿り気の籠もる股間に迫った。

「アア……、恥ずかしいわ、見ないで、早く入れて……」

奈津子が豊満な腰をくねらせてせがんだが、もちろん挿入は最後の最後だ。

黒々と艶のある恥毛が彼の息にそよぎ、指で陰唇を広げると、かつて安奈が生まれ出た膣口はヌメヌメと大量の蜜に潤っていた。

クリトリスもツンと突き立ち、堪らずに彼は顔を埋め込んでいった。

茂みに鼻を擦りつけて嗅ぐと、やはり今日は汗とオシッコの匂いが蒸れて濃厚に籠もり、悩ましく鼻腔を刺激してきた。

「いい匂い」

「あう……！」

嗅ぎながら言うと奈津子が熱く呻き、内腿でキュッときつく彼の両頬を挟み付けてきた。

治郎も豊満な腰を抱え、チロチロと執拗にクリトリスを舐めては溢れる愛液をすすり、味と匂いを堪能したのだった。

さらに彼女の両脚を浮かせ、白く豊かな尻の谷間に鼻を埋め込むと、顔中に弾力ある双丘が密着し、ピンクの蕾に籠もる蒸れた微香が秘めやかに胸に沁み込んできた。

彼は熱気を貪り、舌を這わせてヌルッと潜り込ませると、

「く……！」

奈津子が呻き、キュッと肛門で舌先をきつく締め付けてきた。

治郎は淡く甘苦いような滑らかな粘膜を探り、ようやく脚を下ろして再び割れ目に戻ってヌメリをすすり、クリトリスに吸い付いた。

「お、お願い、入れて、治郎さん……」

彼女は早くも絶頂を迫らせて懇願するので、やがて治郎も身を起こして股間を進めた。

まだしゃぶってもらっていないが、どうせ一回の射精では済まないだろうからあとでゆっくりしてもらおうと思ったのだ。それに彼も、もう待ちきれないほど高まっていた。

先端を濡れた割れ目に押し当て、ヌメリを与えるように擦りつけながら位置を定めると、

「来て……」

奈津子も期待と興奮に息を詰めて言い、彼はヌルヌルッと一気に根元まで挿入していった。

「アアッ……、すごい、奥まで感じる……」

奈津子がビクッと顔を仰け反らせて喘ぎ、若いペニスをキュッキュッと締め付けてきた。

治郎も肉襞の摩擦と大量の潤い、温もりと締め付けに包まれながら股間を密着させ、すぐにも身を重ねていった。

彼女も下から両手を回してしがみつき、ズンズンと股間を突き上げてきた。

上から唇を重ねて舌をからめ、生温かな唾液のヌメリを吸収しながら彼も腰を突き動かすと、

「ああ、すぐいきそう……」

奈津子が口を離して喘ぎ、大量の愛液を漏らして動きを滑らかにさせた。

熱い吐息は白粉臭の甘さが濃く、悩ましく鼻腔が刺激された。

治郎は嗅ぎながら股間をぶつけるように動きを早め、一度目のフィニッシュを目指していった。

しかし、そこで急に奈津子が突き上げを止めたのである。

「待って……、お尻に入れてみて……」

「え……？　大丈夫かな……」

あまりに意外な申し出に、彼も驚いて腰の動きを止めた。

（まさか……）

（ええ、一度してみたいの。陰間《かげま》のように。それにこの女も、より多くの快楽を求めているわ）

心の中で言うと、小夜の答えが返ってきた。

陰間とは江戸時代の男色で、男っぽい小夜は、男同士で後ろに入れられる妄想もしていたのかも知れない。

「お願い……」

奈津子が懇願し、治郎も身を起こしていったんペニスを引き抜いた。

すると彼女が自ら両脚を浮かせて抱え、白い尻を突き出してきた。

見ると割れ目から垂れる愛液が、肛門までヌメヌメと潤わせている。

治郎は、愛液に濡れた先端を蕾に押し当て、

「無理だったら言って下さいね」

念を押してから、ゆっくり力を入れていった。奈津子は返事の代わりに口呼吸をし、懸命に括約筋を緩めた。

張り詰めた亀頭がズブリと潜り込むと、細かな襞が丸く押し広がり、裂けそうなほどピンと張り詰めて光沢を放った。

やはり、江梨花に入れたローターよりずっと太いが、そのまま押し込んでいくとペニスはズブズブと潜り込んでいった。

「アア……」

奈津子が喘ぎ、モグモグと味わうように肛門を締め付けてきた。

（あう、変な気持ち……）

小夜も、初めての感覚を味わって呻いた。

治郎は、美熟女の肉体に残った最初の処女の部分を味わい、根元まで押し込むと股間に豊かな丸い尻が密着して心地よく弾んだ。

やはり感触は違い、さすがに入り口の締め付けはきついが、中は案外楽で、しかも思っていたようなベタつきはなく、むしろ滑らかだった。

「大丈夫？」

「ええ、強く動いて、中で出して……」

訊くと奈津子は答え、自ら乳首をつまんで動かし、もう片方の手は空いている割れ目に当て、愛液を付けて濡らした指の腹で激しくクリトリスを擦りはじめたのだった。

治郎も様子を探るように小刻みに律動を開始すると、意外にも滑らかに出し入れさせることが出来た。それは奈津子が、括約筋の緩急の付け方に慣れはじめたからかも知れない。

「アア、気持ちいいわ、もっと突いて……！」

奈津子も夢中になって肛門の収縮を高め、いつしか治郎も激しく律動しはじめていた。

もっとも彼女は、自らいじるクリトリスへの快感で高まっているのかも知れない。ただ、それが小夜にも大きな快感をもたらしたようだ。

（ああ、いきそう……、もっと強く……！）

小夜もせがんで喘ぎ、治郎も激しく昇り詰めてしまった。

「く……、いく……！」

彼は突き上がる絶頂の快感に呻き、熱い大量のザーメンをドクンドクンと勢いよく中にほとばしらせた。

「あ、熱いわ、いく……、アアーッ……！」

奈津子も声を上げ、狂おしくクリトリスを掻き回しながらガクガクと腰を跳ね上げ、オルガスムスに達してしまったようだ。

中に満ちるザーメンで、動きはさらにヌラヌラと滑らかになった。

治郎はアナルセックス初体験の快感を嚙み締め、心置きなく最後の一滴まで出し尽くしていった。

満足しながら徐々に動きを弱めると、

「ああ……、良かった……」

奈津子も力なく声を洩らすと、乳首とクリトリスから指を離し、グッタリと身を投げ出していった。

治郎が完全に動きを止めると、引き抜こうとするまでもなく、締め付けとヌメリに押し出され、たちまちペニスはヌルッと抜け落ちてしまい、何やら彼は美女に排泄されたような興奮を覚えたのだった。

4

「さあ、オシッコしなさい。中も洗い流した方がいいわ」

バスルームで互いの全身を流し、奈津子は治郎のペニスを甲斐甲斐《かいがい》しくボディソープで洗ってくれながら言った。

治郎も回復しそうになるのを堪えながら尿意を高め、やがてチョロチョロと放尿した。

アナルセックスを終えて引き抜いたときも汚れの付着などなく、肛門も裂けることなく可憐な蕾に戻ったが、やはり念のため、奈津子は念入りに洗ってくれたのだった。

放尿を終えると、彼女はもう一度シャワーで洗い流し、最後に屈み込むと、消毒するようにチロリと尿道口を舐めてくれたのだった。

「あう、奈津子さんもオシッコしてみて」

治郎はピクンと反応しながら言い、とうとうムクムクと回復するなり、たちまち元の硬さと大きささを取り戻してしまった。

「え……？」

「ここに立って、こうして」

驚く奈津子を、床に座った治郎は目の前に立たせ、片方の足を浮かせてバスタブのふちに乗せた。そして開かれた股間に顔を埋め込むと、ようやく汗を洗い流してほっとしたのも束の間、

「アア……、無理よ、そんなこと……」

奈津子は尻込みしながら声を震わせた。

茂みに鼻を擦りつけて嗅いでも、大部分の匂いは薄れてしまったが、舐めると新たな愛液が溢れて舌の動きが滑らかになった。

やはり彼女も、まだ膣では果てていないので淫気がくすぶっているのだろう。だから興奮に乗じ、尿意を高めはじめてくれたようだった。

「な、舐めないで、本当に出ちゃうといけないから……」

奈津子は息を弾ませて言い、壁に手を突いて身体を支えながらガクガクと膝を震わせた。

それでも体勢を変えないのは、興奮の高まるまま出す気になっているのか、あるいは小夜が操作しているのかも知れない。

割れ目内部に舌を這わせていると、見る見る奥の柔肉が迫り出し、温もりが変わった。

「あう、ダメ……」

奈津子が呻くと同時に、チョロッと熱い流れがほとばしった。彼女は慌てて止めようとしたようだが、いったん放たれた流れは止めようもなく、たちまちチョロチョロと勢いを付けて注がれてきた。

舌に受けて味わうと、それは実に淡く控えめな味と匂いだった。

彼は抵抗なく喉を潤したが、勢いが増すと口から溢れた分が温かく肌を伝い流れた。

「アア……、こんなことさせるなんて……」

奈津子は朦朧として言いながら、今にも座り込みそうに身を震わせた。

そして勢いが弱まると、間もなく流れは治まってしまった。

治郎は豊満な腰を抱えて舌を這わせ、残り香の中で余りの雫をすすりながら、新たに溢れる愛液のヌメリを掻き回した。

「も、もうダメよ、変になりそう……」

奈津子が力尽きたように脚を下ろして言い、彼の肩に摑《つか》まりながらクタクタと座り込んだ。

彼女を椅子に座らせると治郎は、また互いの全身を湯で洗い流し、支えながら立たせて身体を拭いた。

「すごいわ、もうこんなに勃って……」

部屋に戻ると、奈津子が気づいて言い、自分も欲望に目をキラキラさせた。

治郎が布団に仰向けになって股を開くと、彼女も心得たように股間に腹這いになり、美しい顔を迫らせてきた。

すると奈津子が、自分から彼の両脚を浮かせ、尻の谷間に舌を這わせはじめてくれた。

熱い鼻息が陰嚢をくすぐり、チロチロと滑らかに蠢く舌が肛門を探って、すぐにヌルッと潜り込んできた。

「あう、気持ちいい……」

治郎は妖しい快感に呻きながら、美熟女の舌先を肛門でキュッキュッときつく締め付けて味わった。

彼女も中で舌を蠢かせ、やがて治郎の脚を下ろすと陰嚢をしゃぶり、袋を生温かな唾液にまみれさせ、充分に二つの睾丸を転がしてから、前進して肉棒の裏側を舐め上げてきた。

滑らかな舌が先端までくると、奈津子は彼の股間に熱い息を籠もらせ、粘液の滲む尿道口をヌラヌラと舐め回し、そのままスッポリと喉の奥まで呑み込んでいった。

「アア……」

治郎も快感に喘ぎ、唾液にまみれた肉棒を美女の口腔でヒクヒク震わせた。

奈津子も幹を丸く締め付けて吸い、クチュクチュと念入りに舌をからませてくれた。

さらに顔を上下させ、スポスポと強烈な摩擦を繰り返してくれ、治郎もジワジワと高まっていった。

「い、いきそう、跨いで入れて……」

言うと彼女もスポンと口を引き離して身を起こし、前進して跨がってきた。

濡れている割れ目を先端に押し当てると息を詰め、感触を味わいながらゆっくり腰を沈めていった。

張り詰めた亀頭が潜り込むと、あとは重みと潤いでヌルヌルッと滑らかに根元まで潜り込み、互いの股間がピッタリと密着した。

「アア……、いいわ……！」

奈津子が顔を上向けて喘ぎ、完全に座り込んでキュッと締め上げた。

やはり今夜の仕上げは、正規の場所で果てたいのだろう。

彼女は治郎の胸に両手を突っ張り、上体を反らせ気味にしながら密着した股間をグリグリと擦り付けるように動かした。

治郎も肉襞の摩擦と温もり、股間に押し付けられる重みを感じながら、徐々にズンズンと腰を突き上げた。

「ああ、すぐいきそう……」

奈津子が口走り、上体を起こしていられないように身を重ねてくると、彼も両手でしがみつき、両膝を立てて豊満な尻を支えた。

胸に巨乳が押し付けられて心地よく弾み、彼は突き上げを激しくさせた。

「アア……、いい気持ち……！」

奈津子も動きを合わせて喘ぎながら、大量の愛液を漏らして動きを合わせた。クチュクチュと湿った摩擦音が響き、溢れるヌメリが互いの股間をビショビショにさせた。

治郎は高まりながら、下から彼女の顔を引き寄せて唇を重ねると、

「ンン……」

奈津子も熱く鼻を鳴らし、ネットリと舌をからませてきた。

「もっと唾を出して……」

唇を触れ合わせたまませがむと、奈津子も懸命に唾液を溜め、トロトロと口移しに注ぎ込んでくれた。彼は生温かく小泡の多い粘液を味わい、うっとりと喉を潤した。

「顔中もヌルヌルにして……」

さらに言って鼻を擦りつけると、奈津子も熱く甘い息を弾ませて舌を這わせ、というより垂らした唾液を舌で顔中に塗り付けてくれた。

悩ましい白粉臭の吐息と唾液のヌメリにまみれ、たちまち治郎は肉襞の摩擦の中で二度目の絶頂に達してしまった。

「く……！」

大きな絶頂の快感に短く呻き、ありったけの熱いザーメンをドクンドクンとほとばしらせると、

「い、いっちゃう……、アアーッ……！」

噴出を感じた奈津子もオルガスムスに達して声を上ずらせ、ガクガクと狂おしい痙攣を開始したのだった。

膣内の収縮も高まり、愛液は粗相でもしたように溢れて、彼の肛門の方にまで温かく伝い流れた。

「す、すごいわ……」

（な、なんと心地よい……！）

奈津子は、何度も何度も快楽の波が押し寄せるようで、小夜とともにいつまでも悶え続けていた。やはりアナルセックスの初体験を終えただけに、なおさら膣内での大きな快感を再確認したようだった。

治郎も快感を嚙み締め、心置きなく最後の一滴まで出し尽くしていくと、すっかり満足しながら突き上げを弱めていった。

「アア……、良かったわ……」

すると奈津子も満足げに声を洩らすと、グッタリと力を抜いて彼にもたれかかってきた。

治郎は美熟女の重みと温もりを受け止め、まだ名残惜しげに息づく膣内に刺激されて幹をヒクヒクと過敏に震わせた。

そして熱く甘い白粉臭の吐息を胸いっぱいに嗅ぎながら、うっとりと快感の余韻に浸り込んでいったのだった……。

5

(起きて、安奈がくるわ)

明け方、治郎は小夜に言われて目を覚ました。

昨夜は奈津子の前と後ろに一回ずつ射精し、ぐっすりと眠ったのだった。

スマホの時計を見ると、まだ午前四時半過ぎ、空もうっすらと白みかかっている頃だ。

忍び足の足音が近づき、そっと襖が開いてパジャマ姿の安奈が入ってきた。

「早くに目が覚めたのかい?」

「あん、起こしちゃった？　そっと一緒に寝ようと思っていたのに」

彼が言うと安奈が答え、甘えるように添い寝してきた。

治郎もタオルケットを剝いで彼女を抱き寄せ、手早くトランクスを脱ぎ去り、朝立ちでピンピンに勃起しているペニスを露出させた。

安奈の手を取って握らせながら唇を重ねると、

「ンン……」

彼女も熱く鼻を鳴らし、ニギニギと愛撫してくれながら、ネットリと舌をからめてきた。

もちろん寝起きでも、治郎の淫気は急激に高まっていた。

そして彼女のパジャマのボタンを外し、生温かな唾液に濡れて蠢く美少女の舌を味わいながら、コリコリと硬くなっている乳首を指の腹でいじると、

「ああ……！」

安奈が口を離し、寝起きですっかり濃厚になっている甘酸っぱい吐息を熱く弾ませた。

「じゃ、全部脱いで顔に跨がって」

治郎は、自分だけ仰向けのまま横着していった。

「跨ぐの……?」

安奈は身を起こして言い、素直に全て脱ぎ去ってくれた。

そして手を引くと、彼女もそろそろと治郎の顔に跨がり、和式トイレスタイルでしゃがみ込んでくれたのだった。

脚がM字になってムッチリと張り詰め、ぷっくりした割れ目が鼻先に迫ると、熱気と湿り気が顔中を包んできた。

「アア、恥ずかしい……」

安奈が身を縮めてか細く喘ぎ、彼は腰を抱き寄せて若草の丘に鼻を埋め込んで嗅いだ。

柔らかな恥毛に鼻を擦りつけると、いかに昨夜は湯上がりでも、一晩経ったので生ぬるい汗とオシッコの匂いが蒸れて籠もり、ほのかなチーズ臭も感じられて悩ましく鼻腔が掻き回された。

舌を挿し入れると、割れ目内部はすでにネットリとした熱い蜜が溢れ、彼は処女を失ったばかりの膣口の襞を掻き回し、味わいながらクリトリスまで舐め上げていった。

「あん……! いい気持ち……」

安奈がビクリと反応して喘ぎ、しゃがみ込んでいられず彼の顔の左右に両膝を突いた。

治郎は味と匂いを堪能してから尻の真下に潜り込み、顔中に弾力ある双丘を受け止めながら谷間の蕾に鼻を埋めて嗅いだ。

やはり蒸れた匂いが籠もって鼻腔を刺激し、彼は舌を這わせてヌルッと潜り込ませた。

「あう……」

安奈が呻き、キュッときつく肛門で舌先を締め付けてきた。

舌を蠢かせて滑らかな粘膜を味わうと、割れ目の潤いが増し、彼は再び股間に戻ってヌメリをすすり、クリトリスに吸い付いた。

「も、もうダメ……」

安奈が言って、ビクッと股間を引き離した。

「お口で可愛がって」

這い出して仰向けになった治郎が言うと、彼女もすぐに顔を移動させ、張り詰めた亀頭にしゃぶり付いてくれた。喉の奥までスッポリと呑み込み、笑窪の浮かぶ頬をすぼめて吸い、口の中で舌を蠢かせた。

「ああ、気持ちいい……、入れたい……」

すっかり高まった治郎が言うと、安奈はチュパッと口を離して顔を上げた。

「どうしようかな、今日も稽古があるし……」

(したい、是非にも……!)

安奈がためらって言うと、小夜が勢い込んで言った。疲労もなく、飲み食いも睡眠も必要ない小夜が、一番元気だった。

すると安奈が、小夜に操られたように身を起こして前進し、彼の股間に跨がってきたのだ。

「じゃ少しだけね……」

安奈は言って、唾液に濡れた先端に割れ目を押し当ててきた。

そのまま張り詰めた亀頭をヌルリと膣口に受け入れ、あとは重みと潤いに任せヌルヌルッと滑らかに根元まで嵌め込んでいった。

「アアッ……!」

ぺたりと座り込むと、安奈が顔を仰け反らせて喘ぎ、キュッときつく締め上げながら上体を硬直させた。もう挿入の痛みや違和感は一切なく、快感を味わっているようだ。

（ああ、いい……！）

小夜もうっとりと喘ぎ、治郎は熱いほどの温もりときつい締め付けに包まれて快感を嚙み締めた。

そして安奈を抱き寄せ、潜り込むようにして乳首に吸い付き、舌で転がして顔中で張りのある膨らみを味わった。

左右の乳首を順々に含んで舐め回し、腋の下にも鼻を埋めて生ぬるい汗の匂いを貪った。

そしてズンズンと小刻みに股間を突き上げはじめると、

「アアッ……、いい気持ち……」

（治郎殿、もっと強く……！）

安奈と小夜が喘ぎ、キュッキュッときつく味わうように締め上げてきた。

治郎も快感を高め、美少女の体臭で胸を満たしてから、彼女の喘ぐ口に鼻を押し込んで甘酸っぱい吐息で胸を満たした。

寝起きの刺激が何とも悩ましく、甘美な悦びが鼻腔から胸に沁み込み、激しくペニスに伝わっていった。

「い、いく……！」

たちまち治郎は昇り詰めて口走り、ありったけの熱いザーメンをドクンドクンと柔肉の奥にほとばしらせてしまった。

「あう、熱いわ……、いく……！」

安奈も噴出を感じて呻き、そのままオルガスムスに達するとガクガクと狂おしい痙攣を開始した。

（アア、なんて良い……！）

小夜も絶頂に達して喘ぎ、完全に安奈と連動して激しく身悶えた。

治郎は、きつい収縮と肉襞の摩擦の中で心ゆくまで快感を味わい、最後の一滴まで出し尽くしていった。

満足しながら突き上げを弱めていくと、

「ああ……、すごい……」

安奈も、前以上の快楽を味わい、グッタリと力を抜いて喘ぎながら体重を預けてきた。

治郎も抱き留め、いつまでも収縮する膣内でヒクヒクと幹を震わせ、美少女の濃厚な果実臭の吐息を嗅ぎながら、うっとりと余韻を味わった。

やがて完全に互いの動きを止め、重なったまま荒い呼吸を混じらせた。

「ああ、しちゃったわ……、前より良かったみたい……」

安奈が荒い息遣いで囁いた。

「このまま眠りたいわ……」

「うん、まだ時間もあるから寝ちゃうといいよ」

「でも、寝過ごすといけないから自分のお部屋で横になるわ……」

安奈は言って呼吸を整え、そろそろと身を起こして股間を引き離した。

そしてティッシュで手早く割れ目を拭いながら、ためらいなく屈み込んで愛液とザーメンに濡れた亀頭にしゃぶり付き、ヌメリを吸いながら舌をからめてくれたのだ。

「あうう、いいよ、そんなことしなくても……」

治郎はクネクネと過敏に腰をよじらせて呻くと、彼女も口を離し、ティッシュに包み込んでペニスを綺麗にしてくれたのだった。

「じゃ戻るわ」

「うん、またあとで」

急いでパジャマを着た安奈が言い、彼が答えると、奈津子を起こさないよう再び忍び足で母屋へ戻っていったのだった。

「ああ、なんて良い子。私と一番ピッタリする……」

小夜が姿を現して言い、とろんとした眼差しで添い寝してきた。

「ああ、一番歳の近い子孫だからね……」

治郎は目を閉じて答え、皆が起き出してくるまで、もう少しだけ眠ることにしたのだった。

第五章　美女たちに挟まれて

1

「いいですか。二人で来ちゃったけど」

翌日の夜、治郎が夕食と入浴を終えて部屋に戻ると、間もなく何と、江梨花と真矢が一緒に入ってきたのである。

今日は一日、治郎も休憩する子の防具を借りて竹刀を握っていた。

皆、よほど彼が汗もかかず無味無臭の印象があるのか、面を使い回しすることも抵抗がないようだ。

治郎も女子大生たちの汗の匂いに包まれながら、熱烈に稽古をした。

まあ嬉々として身体を動かしているのは小夜なのだが、彼もまた女子たちとの稽古が楽しくなっていたのだ。

稽古を終えて、佳江と安奈が入浴することになっても、江梨花と真矢は二人だけ道場に残って稽古に励んでいた。特訓の合宿も、いよいよ残り少なくなっているのである。

そして江梨花と真矢は皆と一緒に夕食を済ませ、まだ身体も流さないうち治郎の部屋に来たのだった。

彼が悦ぶので、小夜がそうさせているのだろうし、また小夜の操作で他に誰も来ないと無意識に思っているらしく、遠慮なく忍んでこられるようだ。

「ええ、どうぞ」

二人の来訪に驚きながら、三人ならば何か話があるのだろうと、彼は湧き上がりかけた淫気を抑えようとした。

しかし二人は、快楽を求めて二人で来たのである。

「話し合って、知っちゃいました。私たち二人とも、治郎さんとしていたこと」

江梨花が言い、真矢も好奇心と欲望に切れ長の目をキラキラさせて彼を見つめていた。

「ね、三人でしてみたいんです。いいかしら」

「も、もちろん、二人がそれで良いなら……」

江梨花に言われ、彼は抑えかけた淫気が湧き上がり、急激にムクムクと勃起してきた。

「実は私たち、ローターを貸したのを切っ掛けに、少しだけ女同士で慰め合ったことがあるんです」

「うわ、そうなの……」

江梨花の言葉に治郎は、彼氏のいない美女同士のカラミを想像して激しく興奮を高めた。

まあ言ってみれば二人は、共有するローターの延長で、快楽だけのために彼を求めているのだろうが、それでも大歓迎である。

「じゃ嫌でなかったら脱いで下さい」

江梨花が言うと、ためらいなく二人の女子大生は同時に、自分から手早くジャージ上下を脱ぎはじめていった。

すると室内に、二人分の甘ったるい汗の匂いが生ぬるく濃厚に立ち籠めはじめて彼の鼻腔を刺激してきた。

治郎も興奮に胸を高鳴らせてTシャツとトランクスを脱ぎ去り、先に布団に仰向けになっていった。

「すごい勃ってる……」

真矢が見て言い、たちまち一糸まとわぬ姿になった二人が、彼の股間に熱い視線を注いできたのだった。

「まだ、そこは最後に取っておくのよ」

江梨花が期待を込めて言い、二人は左右から彼を挟み付けてきた。

そして二人はまるで申し合わせたように、彼の両の乳首にチュッと同時に吸い付いてきたのである。

「あう……」

治郎は二人がかりの愛撫に呻き、ビクリと激しく反応した。

二人は熱い息で肌をくすぐりながら、それぞれの乳首を舐め回した。

「ああ、嚙んで……」

彼が愛撫を受け止めながら喘いで言うと、二人も綺麗な歯並びでキュッと左右の乳首を嚙んでくれた。

「あう、気持ちいい、もっと強く……」

治郎が身悶えてせがむと、二人もやや力を込めてキュッキュッと歯で刺激し、さらに肌を舐め降り、時に脇腹にも歯を食い込ませてきた。

「く……」

彼は、微妙に非対称の刺激を受け、何やら美しい女子大生たちに食べられているような錯覚の中、ピンピンに張り詰めた幹をヒクヒク震わせた。

すると二人は日頃彼がしているように、腰から太腿をたどり、脚を舐め降りていったのである。

滑らかな舌が二人分、左右の脚に這い回り、とうとう足裏まで舐めると、同時に両の爪先がしゃぶられたのだ。順々に舌が滑らかに指の股に潜り込むと、生温かなヌカルミでも踏んでいるようだった。

「い、いいよ、そんなこと……」

治郎は申し訳ないような快感に言ったが、二人は全ての指の間を念入りに舐めてから、やがて彼を大股開きにさせた。

そして脚の内側を二人で舐め上げ、内腿にも舌を這い回らせ、キュッと歯が立てられた。

「あう……」

治郎は甘美な刺激に呻き、まだ触れられる前に漏らしそうなほど幹を小刻みに上下させて粘液を滲ませた。

やがて股間までくると、江梨花が彼の脚を浮かせ、尻の谷間を舐めてくれた。チロチロと舌が這い、ヌルッと潜り込んでくると、

「く……、気持ちいい……」

彼は呻き、キュッと肛門で江梨花の舌先を締め付けた。

彼女が舌を離すと、すかさず真矢も同じように舐め回し、舌を潜り込ませた。中で舌が蠢くと、内側から刺激されたペニスが何度もピクンと跳ね上がった。

「アア……」

受け身一辺倒の治郎は、喘いで悶えるばかりだった。

それに立て続けの愛撫だと、二人の舌の温もりや感触、蠢きの微妙な違いが分かって、どちらにも熱く反応した。

ようやく真矢が舌を引き離すと、二人は頬を寄せ合って同時に陰嚢に舌を這わせ、それぞれの睾丸を転がし、そっと吸い付いてきた。

たちまち袋全体は、生温かくミックスされた唾液にまみれた。

レズごっこをしただけあり、女同士の舌が触れ合っても気にならないようだ。

陰嚢をしゃぶり尽くすと二人は顔を進め、とうとう屹立《きつりつ》した肉棒を一緒に舐め上げてきた。

裏側や側面に滑らかな舌が這い、恐る恐る股間を見ると、まるで美しい姉妹が一本のキャンディでも舐めているようだ。あるいはレズのディープキスに、ペニスが割り込んでいるような気もした。

先端まで来ると二人は、粘液の滲む尿道口を交互にペロペロと舐め回し、先に先輩の江梨花がスッポリと喉の奥まで呑み込んでいった。

「ああ……、気持ちいい……」

治郎はうっとりと快感に喘ぎ、江梨花の生温かく濡れた口腔に包まれて幹を震わせた。

彼女も熱い息を股間に籠もらせ、幹を締め付けて吸い、口の中ではクチュクチュと念入りに舌をからめてくれた。

そしてスポンと引き抜くと、すかさず真矢がモグモグと根元まで呑み込み、吸い付いて舌を蠢かせた。

これも続けて味わううち、二人の温もりや感触の違いが分かった。

「い、いきそう……！」

急激に絶頂を迫らせた治郎が言っても、二人は夢中になって代わる代わる肉棒を含んで、濃厚な愛撫を繰り返した。

さらに二人は交互に含んでは、顔を上下させスポスポと強烈な摩擦を続けたのである。

これはもう、彼の快感のために愛撫しているというよりも、二人が欲望のために一人の男を貪っているだけのようだった。

もう限界である。

「い、いく……、アアッ……！」

たちまち絶頂に達した治郎は口走り、ズンズンと股間を突き上げながら熱い大量のザーメンをドクンドクンと勢いよくほとばしらせてしまったのだった。

「ク……、ンン……」

ちょうど含んでいた真矢が、喉の奥を直撃されて呻き、スポンと引き離した。

すると、すかさず江梨花が呑み込み、余りのザーメンを吸い出してくれた。

「あうう……、気持ちいい……」

治郎は魂まで吸い出される心地で腰をよじって呻き、心置きなく最後の一滴まで出し尽くしてしまった。

満足しながらグッタリと身を投げ出すと、江梨花は亀頭を含んだまま、口に溜まったザーメンをゴクリと飲み干した。

嚥下とともに口腔がキュッと締まり、彼は駄目押しの快感に幹を震わせた。

そして江梨花が口を離すと、なおも余りを絞り出すように幹をしごき、尿道口に脹らむ白濁の雫を二人で一緒に舐め回してきた。

もちろん真矢も、口に飛び込んだ濃厚な第一撃は飲み込んだようだ。

「も、もういい、どうも有難う……」

治郎は二人分の舌の刺激に腰をよじり、ヒクヒクと過敏に幹を震わせながら降参したのだった。

2

「ね、どうしたら回復するかしら。何でもするので言って下さい」

仰向けのまま荒い呼吸を繰り返している治郎は、江梨花のその言葉で急激に回復しそうになってきた。

「二人でここに立って、足の裏を顔に乗せて……」

治郎が言うと、二人も興奮に突き動かされるように身を起こし、彼の顔の左右にスックと立ってくれた。

剣道の実力者である全裸の美女たちを、下から見上げるというのは何とも壮観だった。

「待って、私たちまだお風呂入っていないわよね」

「ええ、すっかり忘れていたみたい……」

二人が真上で、いま気づいたようにヒソヒソと話し合った。

「構わないから、して……」

さらに言うと、二人は向かい合って身体を支えながら、そろそろと片方の足を浮かせ、同時に彼の顔に乗せてきた。

「アア……」

治郎は、二人分の足裏をいっぺんに味わい、うっとりと喘いだ。

一日中、しかも他の子より多く稽古してきた足裏は逞しく、彼は舌を這わせながら、それぞれの指の間に鼻を割り込ませて嗅いだ。

どちらの指の股も生ぬるい汗と脂に湿り、何とも濃厚にムレムレになった匂いが沁み付いていた。

　二人分の足の匂いだけで、いつしかペニスはムクムクと回復し、すっかり元の硬さと大きさを取り戻していた。

　代わる代わる爪先をしゃぶり、全ての指の股に舌を挿し入れて味わうと、足を交代してもらい、また新鮮な味と匂いを貪り尽くした。

「ああ、くすぐったくて気持ちいい……」

　二人は彼の真上で抱き合うようにしながら喘ぎ、内腿の間で濡れはじめている割れ目が見えた。

「じゃ、跨いで顔にしゃがんで」

　それぞれの足を全てしゃぶってから彼が言うと、やはり主将の江梨花が先に跨がり、ゆっくり彼の顔にしゃがみ込んできた。

　脚がM字になると、引き締まった脚もムッチリと量感を増し、濡れた割れ目が鼻先に迫った。

　はみ出した陰唇が僅かに開き、息づく膣口と光沢あるクリトリスが覗き、熱気とともに悩ましい匂いが顔中を包み込んできた。

　治郎は腰を抱き寄せて茂みに鼻を擦りつけて嗅ぎ、濃厚な汗とオシッコの蒸れた匂いを貪って鼻腔を刺激された。

「ああ、恥ずかしい、そんなに嗅がないで下さい……」

江梨花が言い、奥の柔肉を蠢かせた。

胸を満たしながら舌を這わせると、淡い酸味のヌメリが滴るほどに溢れ、彼は膣口を掻き回しクリトリスまで舐め上げた。

「あう……、いい気持ち……！」

江梨花が呻き、ギュッと股間を押しつけてきた。

治郎は味と匂いを堪能してから、白く丸い尻の谷間に潜り込み、顔中に双丘を受け止めながらピンクの蕾に鼻を埋めて嗅いだ。

蒸れた汗の匂いが沁み付き、舌で探ってヌルッと潜り込ませると、

「く……！」

江梨花が呻き、キュッと肛門で舌先を締め付けてきた。

舌を蠢かせ、滑らかな粘膜を味わうと、江梨花も快感を味わっていたが真矢のため、早々に股間を引き離してやった。

真矢もためらいなく跨いでしゃがみ込み、濡れた割れ目を彼の鼻先に迫らせてきた。彼女も江梨花に負けないほど大量の愛液を漏らし、恥毛には濃厚な匂いを悩ましく籠もらせていた。

治郎は微妙に異なる性臭を貪り、舌を這わせてヌメリをすすり、膣口からクリトリスまで舐め上げていった。

「アア……、すごい……」

真矢も内腿をヒクヒク震わせて喘ぎ、新たな愛液をトロトロと漏らしてきた。

治郎は味わってから、同じように真矢の尻の真下に潜り込んだ。

するといきなりペニスが生温かなものに包まれ、滑らかに刺激された。どうやら待つ間も焦《じ》れ、江梨花が回復したペニスにしゃぶり付いてきたのだ。

それでも唾液に濡らし、硬度を確認しただけで口を離し、身を起こして跨がってきたのだ。

先端に割れ目をあてがい、ゆっくり膣口に受け入れて座ると、江梨花は、

「アアッ……！」

熱く喘ぎ、前にいる真矢の背にもたれかかった。

治郎も真矢の前も後ろも舐め回しながら、心地よい肉襞の摩擦と締め付けを味わった。

江梨花は密着した股間をグリグリと擦り付け、腰を上下させて激しい摩擦を開始した。

そして江梨花は前にしゃがみ込んでいる真矢にしがみつき、両脇から回した手で乳房を揉みしだきはじめたのだ。

「あう……！」

真矢も背後から抱かれて呻き、治郎の鼻と口にヌラヌラと割れ目を擦りつけてきた。二人とも激しく高まり、夢中になりはじめたようだ。

治郎も江梨花の膣内に股間を突き上げながら、真矢の肛門内部で舌を這わせ、再びクリトリスに戻って吸い付いた。真矢が擦り付けるので、彼の顔中は生温かな愛液でヌルヌルにまみれた。

「い、いっちゃう……、アアーッ……！」

たちまち江梨花が声を上ずらせ、ガクガクとオルガスムスの痙攣を開始して膣内を収縮させた。

治郎は、さっき二人の口に射精したばかりだから、強ばりを保ちながらも暴発の心配はなかった。何しろ次が控えているのである。

「ああ、いい……」

江梨花の動きが弱まり、徐々に肌の強ばりを解きながら真矢にもたれかかっていった。

そのまま股間を引き離し、ゴロリと横になると、待ちきれなかったように真矢が彼の上を移動し、愛液にまみれたペニスに跨がった。

そして一気にヌルヌルッと根元まで膣内に受け入れると、

「アア……、いい気持ち……！」

真矢が喘ぎ、上体を起こしていられないようにすぐ身を重ねてきた。

治郎も、江梨花と微妙に異なる温もりと感触を味わいながら、両手で抱き留めると、両膝を立てて尻を支えた。

そして潜り込んで真矢の乳首に吸い付き、さらに隣で荒い呼吸を繰り返し余韻に浸っている江梨花の胸も引き寄せ、乳首を舐め回した。

やはり、まだ舐めていない部分を味わわないのは物足りないし、二人を相手だから平等に扱わなければならない。

彼が二人分の乳首を味わい、顔中で膨らみを噛み締めていると、真矢が腰を動かしはじめた。

治郎もズンズンと股間を突き上げ、締め付けと摩擦を味わいながらジワジワと高まっていった。

さらに二人の腋の下にも順々に鼻を埋め、よく似た甘ったるい汗の匂いで鼻腔を満たして酔いしれた。

江梨花も朦朧としたまま、されるままに横から肌を密着させていた。

治郎は動きながら、真矢の顔を引き寄せて唇を重ね、さらに横から江梨花の口も割り込ませ、二人の唇を同時に味わった。

「ンン……」

二人も熱く鼻を鳴らして舌を伸ばし、三人でヌラヌラとからめ合った。

彼は二人の舌の蠢きと唾液のヌメリを同時に味わい、混じり合った息を嗅ぎながら何とも贅沢な快感に絶頂を迫らせた。

江梨花の果実臭と真矢のシナモン臭に、さらに夕食のオニオン系の成分も悩ましく混じって鼻腔を刺激してきた。

「い、いく……！」

とうとう治郎も二度目の絶頂を迎えてしまい、収縮と締め付けの中でドクンドクンと勢いよく射精してしまった。

「あう、いく……！」

噴出を感じた真矢もきつく締め上げて呻き、ガクガクと狂おしい痙攣を開始したのだった。

（アア……、すごい、何度でもいける……！）

真矢の中に入っていた小夜も、熱く喘いで昇り詰めたようだ。

彼は快感を噛み締め、最後の一滴まで出し尽くしていった。

そして突き上げを止めると、真矢も満足げに硬直を解いてグッタリともたれかかってきた。

治郎は息づく膣内でヒクヒクと過敏に幹を跳ね上げ、二人の口に鼻を寄せ、混じり合った悩ましい匂いの吐息を心ゆくまで貪りながら、うっとりと快感の余韻に浸り込んでいったのだった。

3

「ね、こうして……」

バスルームで三人、身体を洗い流すと治郎は床に座り、江梨花と真矢を左右に立たせて言った。

そして両肩を跨がらせ、それぞれの股間を顔に向けさせた。

「オシッコ出して……」

言っても二人とも、それほど意外にも思わなかったようで、まだ余韻に朦朧としたまま尿意を高めてくれた。

治郎は左右の割れ目を交互に舐め回し、匂いは薄れてしまったが新たな愛液を味わった。

「あう、出る……」

先に真矢が言って柔肉を蠢かせ、ポタポタと熱い雫を滴らせたかと思ったら、すぐにもチョロチョロとほとばしらせてきた。

それを舌に受けて味わい、淡い匂いに酔いしれていると、

「く……」

ツンデレ気味の江梨花も、とうとう熱い流れを彼の肌に注いできたのだった。

彼は二人の割れ目を交互に舐めて味と匂いを堪能しながら、肌を濡らす流れにうっとりとなった。

淡い匂いも二人分となると、悩ましく鼻腔を刺激してきた。

やがて二人とも流れを治めると、治郎は残り香の中で余りの雫をすすった。

どちらも新たに淡い酸味の混じった愛液を漏らし、彼の舌の動きをヌラヌラと滑らかにさせた。

「も、もういいわ……」

真矢が言ってビクリと腰を引き、ようやく彼が舌を引っ込めると二人も身を離して身体を流した。

もちろん治郎は、あと一回射精してから今夜はゆっくり寝たかった。

「すごい勃ってるわ。ね、今度は私の中でいって下さい……」

江梨花が言い、屈み込んで張り詰めた亀頭にしゃぶり付いてきた。

さっき彼女は、あとに真矢が控えているので性急に自分だけ果ててしまい、まだ欲望がくすぶっているのだろう。

「ああ……」

根元まで含まれ、念入りに舌を這わされながら治郎は喘ぎ、そのまま床のバスマットに仰向けになっていった。

「ンン……」

江梨花は喉の奥まで呑み込んで熱く鼻を鳴らし、スポスポと摩擦しながらたっぷりと肉棒を唾液にまみれさせた。

治郎は真矢も添い寝させ、その健康的な張りを持つ肌を横から密着させてもらった。

やがて江梨花がスポンと口を離して身を起こし、前進して彼の股間に跨がると先端を膣口に当て、ヌルヌルッと滑らかに受け入れていった。

「アア……、いい気持ち……」

江梨花がピッタリと股間を密着させ、キュッと締め上げながら喘いだ。

治郎も肉襞の摩擦と温もりを味わい、中でヒクヒクと幹を震わせて快感を嚙み締めた。

すぐにも江梨花が身を重ねてきたので、彼も下から抱き留め、横にいる真矢の顔も引き寄せて、また三人で舌をからめた。

身体は洗い流しても、まだ二人は歯磨きしていないので、さっきと同じ濃厚な吐息が混じり合い、治郎はうっとりと嗅いで高まりながら、滑らかに蠢く二人分の舌を味わった。

「唾をいっぱい出して……」

ズンズンと小刻みに股間を突き上げながらせがむと、二人もたっぷりと唾液を溜めて口を寄せ、順々に白っぽく小泡の多い粘液をトロトロと彼の口に吐き出してくれた。

「ああ……」

治郎は、二人分のミックスされた大量のシロップを味わい、心地よく喉を潤して絶頂を迫らせた。

「顔中にも強く吐きかけて」

「いいのかしら、そんなことして……」

言うと二人は少しためらったが、江梨花は突き上げの快感に任せ、強くペッと吐きかけてくれた。

すると真矢も遠慮なく同じようにし、彼は二人のかぐわしい息を顔中に感じ、生温かな唾液の固まりを鼻筋に受けた。

「顔中ヌルヌルにして……」

さらにせがんで突き上げを強めると、

「アア……、いきそう……」

江梨花が喘ぎながら舌を這わせ、真矢も顔を寄せてヌラヌラと舐め回してくれた。唾液が舌で顔中に塗り付けられ、まるでパックでもされたように生温かくまみれた。

治郎は、とうとう二人分の唾液と吐息の匂いに包まれ、贅沢な快感の中で昇り詰めてしまった。

「い、いく……！」

彼は大きな快感に口走り、ありったけの熱いザーメンをドクンドクンと勢いよくほとばしらせた。

「ああ、感じる、気持ちいいわ……！」

すると噴出を受け止めた江梨花も声を上げて収縮を強め、そのままガクガクと狂おしいオルガスムスの痙攣を開始したのだった。

治郎は心ゆくまで快感を嚙み締め、激しく股間を突き上げながら摩擦の中で最後の一滴まで出し尽くしていった。

すっかり満足しながら徐々に突き上げを弱めていくと、

「アア……」

江梨花も力尽きたように声を洩らし、肌の強ばりを解きながらグッタリともたれかかってきた。

治郎は江梨花の重みと、横から密着する真矢の温もりを感じながら、まだ息づく膣内でヒクヒクと幹を震わせた。

そして二人の顔を引き寄せ、熱く混じり合った悩ましい吐息を嗅ぎながら、うっとりと快感の余韻を味わった。

「ああ、良かった……」

江梨花も満足げに言って呼吸を整え、股間を引き離してきた。

これから二人はゆっくり湯に浸かり、寝しなの歯磨きもするだろうから、やがて治郎はもう一度湯を浴びてから、先にバスルームを出たのだった。

4

「ちょっと飲み物を買うわね」

佳江が助手席の治郎に言い、車をコンビニに向けた。

翌日の午後、佳江は自宅マンションに書物の宅配便が届くというので、車でいったん戻ることになり、治郎も奈津子に言われた買い物をするため同乗していたのだった。

午前中も目いっぱい稽古をし、その途中だからシャワーも浴びず、ジャージ姿の佳江からは甘ったるい匂いが漂っていた。

もう先に奈津子に頼まれた買い物は済ませ、後部シートに置いてある。

車の外出で、彼に乗り移った小夜は驚きの連続であった。

（この乗物は何……、揺れて吐きそう……）

小夜は治郎の中で戸惑っていたが、元より吐くようなことはなく、次第に慣れたように景色に目を遣っていた。

（何と高い建物……、通る人の着物も変……）

馬も大八車もなく、刀も差さない人たちが行き交い、夏のことでノースリーブやミニの女性が手脚を露わにしていることにも驚いていた。

（ああ、これが小夜のいた頃から百五十年後の世界だ。東京はもっと高いビルがあって人も多いよ）

（東京？）

（ああ、あの頃の江戸だ。そのうち機会があったら上野戦争のあった寛永寺にも連れてってやるよ）

治郎は答え、やがて車はコンビニの駐車場に入った。

そして一緒に飲みものを買って駐車場に戻ると、三人ばかりの男がいた。

「綺麗なメガネのお姉さん、ドライブに行かない？」

「そのチビは帰っていいからさ」

みな二十歳前後の不良で、派手なシャツを着てからんできた。

「行きましょう」

佳江は無視して運転席に乗り込んだ。

（治郎殿、この者たちは？）

（ああ、無頼漢だ。相手にしなくていい）

（でも戦いたい。この程度なら丸腰で大丈夫）

小夜は言ったが、治郎は構わず助手席に乗り込もうとした。

すると一人が彼の腕を摑んできた。

「おい、行くなら金貸してくれねえか」

凄《すご》んで言うので治郎が向き直ると同時に、小夜が彼の身体を操り、素早く奴の水月（鳩尾《みぞおち》）に拳骨を叩き込んでいた。

「むぐ……！」

男は呻いて腹を押さえて屈み込み、

「てめえ、やるのか！」

残る二人が気色ばんで摑みかかってきた。

治郎は手近な一人の鼻柱に掌底をめり込ませ、残る一人の股間を渾身《こんしん》の力で蹴り上げていた。

どうやら小夜は、柔や当て身の術も心得ているようだ。

「く……！」

股間を蹴られた男は白目を剝《む》いて呻くと、そのまま悶絶《もんぜつ》し、顔を殴られた男は尻餅を突いていた。

「頭が悪いことを恥ずかしいと思っていない顔だな。可哀想に、バカな親から産まれたな」

治郎が言うと、さらに小夜が駄目押しのように奴の顔を蹴り飛ばしていた。

男は声もなく失神し、三人が地に転がった。周囲に人けはなく、コンビニ店内からも死角なので誰にも見られなかっただろう。

治郎は急いで助手席に乗り込み、ドアを閉めてシートベルトをした。全く彼も恐怖や緊張はなく、むしろ良い運動をした程度に思った。

「す、すごいわ……」

佳江は息を呑みながら、車をスタートさせて駐車場を出た。

「本当に、人は見かけによらないわね……」

彼女は息を弾ませ、気をつけてハンドルを繰り、自分のマンションへと向かったのだった。

（もっと戦いたかった）

（おいおい、あれで充分だよ）

治郎は苦笑して答え、やがて車は佳江の住むマンションの駐車場に入った。

降りて管理人室に寄り、預かった荷物を持ってエレベーターで五階まで上がると、彼女が鍵を開けて治郎を招き入れてくれた。

すると佳江がドアを内側からカチリとロックし、その音で密室を実感すると、彼は急激に淫気が湧き上がってきた。

やはり高井荘だと常に誰かがいるが、ここなら心置きなく出来るだろうし、少しぐらい時間がかかっても、みな夢中で稽古しているに違いない。

中は広い2ＬＤＫ、キッチンは清潔でリビングも快適そうだ。あとは、寝室と書斎にバストイレのようだ。

もちろん彼も、一人暮らしの女性の部屋に入ったのは生まれて初めてで、激しく胸が高鳴ってきた。

「ね、いい……？」

佳江も治郎の逞しい活劇を目の当たりにしたから、淫気を満々にして言い、彼を寝室に招いた。

そして治郎も、生まれて初めて喧嘩《けんか》に勝った思いで爽快感と性欲が全身を満たしていた。

中はセミダブルベッドに作り付けのクローゼット、あとは化粧道具の置かれた鏡台だけで、何日か留守にしても室内には悩ましい匂いが立ち籠めていた。

もう充分すぎるほど互いの淫気が伝わり合っているので、治郎が手早く脱ぎはじめると、すぐに佳江も黙々と脱いでいった。

たちまち全裸になり、彼が佳江のベッドに横になると、彼女も一糸まとわぬ姿になりメガネだけかけてベッドに上がってきた。

「嬉しいわ、こんなに勃って……」

佳江は彼の股間に顔を寄せて囁き、慈しむように先端に舌を這い回らせた。

治郎も四肢を投げ出し、メガネ美女の愛撫に身を委ねた。

昨夜のような3Pも夢のように心地よかったが、あれは一生に何度もない祭のようなもので、やはり男女の秘め事は一対一の密室に限ると彼は実感したものだった。

彼女は張り詰めた亀頭を念入りに舐めて生温かな唾液に濡らし、丸く開いた口でスッポリと喉の奥まで呑み込んでいった。

「ンン……」

先端で喉を突かれた彼女は熱く鼻を鳴らし、幹を締め付けて吸った。

口の中ではクチュクチュと舌が蠢き、彼自身はたっぷり溢れた唾液に心地よくどっぷりと浸って震えた。

さらに佳江は顔を上下させ、貪るようにスポスポと強烈な摩擦を繰り返し、彼も急激に高まってしまった。

「ま、待って、いきそう……」

治郎は暴発してしまう前に言って身を起こし、彼女の顔を股間から追い出して仰向けにさせた。もちろん佳江も、ここで口内発射させるつもりはなく、素直に身を投げ出してきた。

彼はまず佳江の足に屈み込み、足裏に舌を這わせて形良く揃った指の間に鼻を押し付けて嗅いだ。

「あう、そんなところはいいのに……」

佳江は気が急《せ》くように言ったが、拒みはしなかった。

午前中、目いっぱい稽古した足指の股は生ぬるい汗と脂にジットリ湿り、ムレムレの匂いが濃厚に沁み付いていた。

治郎は匂いを嗅いでから爪先にしゃぶり付き、両足とも順々に舌を割り込ませて味と匂いを貪り尽くした。

「アア……！」

佳江はクネクネと身をよじって喘ぎ、彼も大股開きにさせ、スラリと長い脚の内側を舐め上げていった。

白くムッチリと張りのある内腿を舌でたどり、股間に迫ると熱気と湿り気が悩ましく籠もって顔中を包み込んだ。

治郎は顔を埋め込み、柔らかな茂みに擦り付けて隅々に蒸れて籠もる汗とオシッコの匂いで鼻腔を満たし、陰唇の内側に舌を挿し入れていった。

ヌメリは淡い酸味を含んで溢れ、ヌラヌラと舌の動きを滑らかにさせた。

彼は襞の入り組む膣口を掻き回し、潤いを掬い取って味わいながら、ゆっくりクリトリスまで舐め上げていった。

「ああ、いい気持ち……！」

佳江が顔を仰け反らせて喘ぎ、内腿でキュッときつく彼の両頰を挟み付けて悶えた。彼は腰を抱え、執拗にクリトリスを刺激しては、新たに溢れる愛液をすすった。

さらに彼女の両脚を浮かせ、白く豊満な尻の谷間に迫り、ひっそり閉じられた薄桃色の蕾に鼻を埋めて嗅いだ。

蒸れた汗の匂いに秘めやかな微香も混じって鼻腔を刺激し、彼は双丘に顔中を密着させて貪った。舌を這わせて収縮する襞を濡らし、ヌルッと潜り込ませて滑らかな粘膜を探ると、

「あう……」

佳江が熱く呻き、モグモグと肛門で小刻みに舌先を締め付けてきた。

治郎は粘膜を味わうと、脚を下ろして再び大量の愛液をすすり、クリトリスに吸い付いていった。

「お、お願い、入れて……！」

佳江が身を弓なりに反らせてせがみ、治郎も待ちきれなくなってきたので、味と匂いを堪能してから舌を引っ込め、身を起こして前進していった。

そして幹に指を添えて先端を濡れた割れ目に擦り付け、位置を定めてゆっくり挿入していくと、

「アア……、いい……！」

佳江が顔を仰け反らせて喘ぎ、彼を求めて両手を伸ばしてきた。

治郎も、ヌルヌルッと滑らかな肉襞の摩擦を味わいながら根元まで押し込み、股間を密着させると脚を伸ばし、身を重ねていった。

まだ動かず、温もりと感触を嚙み締めながら屈み込み、左右の乳首を交互に含んで舐め回し、顔中で膨らみの張りを味わった。

両の乳首を味わうと、さらに腕を差し上げてジットリ湿った腋の下に鼻を埋め込み、甘ったるい汗の匂いに噎せ返った。

スベスベの腋に舌を這わせると、

「あうう、お願い、突いて、強く奥まで……」

彼女が言い、待ちきれないようにズンズンと股間を突き上げてきた。

治郎も合わせて腰を突き動かし、何とも心地よい摩擦の中でジワジワと高まっていった。

上から唇を重ね、舌を挿し入れて滑らかな歯並びを舐めると、

「ンンッ……！」

佳江が熱く鼻を鳴らし、歯を開いてネットリと舌をからませてきた。

生温かな唾液にまみれた舌が、滑らかな感触でチロチロ蠢くと、彼も腰の動きを速めていった。

大量に溢れる愛液が律動を滑らかにさせ、クチュクチュと淫らに湿った摩擦音が聞こえ、揺れてぶつかる陰嚢まで生温かく濡れた。

膣内の収縮も活発になり、下から激しく彼女が抱き寄せると、治郎の胸の下で押し潰れた乳房が心地よく弾んだ。

5

佳江が口を離して喘ぎ、小柄な治郎の全身がバウンドするほど激しく腰を上下させはじめた。

「アア……、い、いきそう……！」

彼女の熱く湿り気ある吐息は、今日も濃厚な花粉臭の刺激を含んで、嗅ぐたびに悩ましく鼻腔を掻き回してきた。治郎もいつしか股間をぶつけるほどに激しく腰を突き動かし、そのヌメリある摩擦の中で絶頂を迫らせていった。

「い、いっちゃう……、すごいわ、アアーッ……！」

たちまち佳江が先にオルガスムスに達し、声を上ずらせながらガクガクと狂おしい痙攣を開始した。

治郎も、膣内の収縮に巻き込まれ、そのまま大きな絶頂の快感に全身を貫かれてしまった。

「く……！」

短く呻いて快感を嚙み締め、彼は熱い大量のザーメンをドクンドクンと勢いよくほとばしらせ、柔肉の奥深い部分を直撃した。

（ああ、気持ちいい、溶けてしまう……！）

彼と佳江の、二人分の快感を味わいながら小夜が喘いだ。

「あう、感じる……！」

噴出を受け止めた佳江が、駄目押しの快感を得て呻き、キュッキュッときつく締め付けてきた。

治郎も彼女の濡れた口に鼻を擦りつけ、唾液と吐息の匂いで鼻腔を満たしながら快感を味わい、心置きなく最後の一滴まで出し尽くしていった。

やがてすっかり満足しながら、徐々に動きを弱めていくと、

「アア……」

佳江も気が済んだように声を洩らし、肌の強ばりを解いてグッタリと身を投げ出していった。

治郎も完全に動きを止めると、遠慮なく力を抜いて体重を預け、まだ息づく膣内でヒクヒクと過敏に幹を跳ね上げた。

「あう、まだ動いてるわ……」

佳江も敏感に反応して呻き、彼は身を重ねながら、悩ましい匂いの吐息を胸いっぱいに嗅ぎ、うっとりと余韻を味わったのだった。

息を弾ませるメガネ美女の満足げな表情は、実に艶めかしかった。

やがて呼吸を整えると、治郎もノロノロと身を起こし、股間を引き離して添い寝していった。

佳江も起き上がると、互いの股間をティッシュで処理をした。

「シャワーは？」

「このまま戻るわ」

治郎が訊くと、佳江はベッドを降りて身繕いをはじめた。

どうやら戻ったらまた夕方まで稽古するのだからと律儀に、途中でシャワーを浴びた痕跡がないよう気を遣っているのだろう。

仕方なく治郎も起きて服を着ると、彼女は鏡で髪を直し、すぐにも二人でマンションを出た。

車に乗って走り出し、コンビニの前を通過すると駐車場に何台かの救急車が停まっていた。

どうやらさっきの三人が搬送されるところらしい。

してみると、誰も気づかず、あるいは関わりになろうとせず、ずいぶん通報が遅れたのだろう。

(大丈夫かな。死んだりしていないよな)

(もちろん殺す気で急所を殴ったり蹴ったりしたが、たぶん大丈夫だろう)

小夜が、別に死んでも構わないという口調で答えた。

佳江も余韻の中で運転に専念しているので、コンビニの方は気にもせず山間の高井荘へと向かったのだった。

「いよいよ、合宿も明日で終わりだわ」

「そうでしたか」

佳江の関心はそちらの方らしく、彼も感慨を込めて答えた。

「でも治郎さんのおかげで、みんなずいぶん良い稽古になったし、今まで以上の力を付けることが出来たわ」

やがて着き、二人は降りて買い物の荷物を母屋に運んだ。

「お疲れ様。それで二人にお話しがあるの」

奈津子が迎え、治郎と佳江に言った。

「はい、何でしょう」

「明日の夜、うちの人の店で団体さんの予約があって、人が足りないので私と安奈の二人、夕方から手伝いに出るわ」

「そうですか、分かりました」

「帰りも遅くなるので、明日の夕食はあなたたちだけで済ませて。最後の夜なのだけれど」

奈津子が言う。

予定では、明日一日稽古をして夕食を済ませ、明後日の朝食を終えると解散、ということになっている。

やがて治郎と佳江は道場へ戻り、また稽古に参加した。

もちろん皆、まさか二人が佳江のマンションでセックスしたなど夢にも思わず汗を流して稽古に専念していた。

そして夕方まで稽古をすると、その日はみな順々に入浴し、いつものように夕食を済ませてミーティングをし、各部屋に戻っていったのだった。

「何だか気分が変……」

部屋に戻ると、小夜が姿を現して治郎に言った。

「車に乗って、今の町を見たからだろう」

「ええ、あるいはこの部屋にある遺髪から遠く離れたからかも」

小夜が言う。

して見ると彼女の魂の拠《よ》り所《どころ》である遺髪から、離れられる範囲というのが決まっているのかも知れない。

「じゃ、上野へ行くときは僕が遺髪を持っていけばいいかな」

「ええ、それとも成仏が近いのかも……」

まあ、小夜もさんざん女性たちとの快感を共有してきたから、もうこの世に魂《こん》魄《ぱく》を留《とど》める必要がなくなってきたのかも知れない。

「とにかく、今日は休むといいよ」

幽霊の身体を気遣うもの変だが、言うと小夜も、素直に頷いて姿を消したのだった。

そして、その夜は治郎も大人しく寝ることにし、部屋には誰も忍んでくることもなかったのだった。

やがて翌日、朝食を終えると一同は道場で最後の稽古をはじめた。

奈津子は最後の夜で自分が不在だから、朝からご馳走《ちそう》を用意してくれていた。

治郎も本来はバイトに来たのに、今はすっかり稽古に参加して指導する側に回っているのも妙なものだった。

しかも全員と懇ろになり、今まで得たことのないような快感の日々を送っているのだから、これはもうバイト料などもらえなかった。

午前の稽古を終え、昼食後は女子大生三人が身体慣らしのランニングで山へ行き、その間に治郎も少しだけ奈津子を手伝った。

そして三人が戻ってくると再び夕方まで稽古をし、礼をして道場の掃除を終えると、

「済みません、じゃ行ってきますね」

急いでシャワーを浴びて着替えた安奈が言い、奈津子と一緒に車で町へ行ってしまった。

一同も、自分の防具をしまって玄関脇に揃えて置くと、稽古着と袴、ジャージも畳んで片付け、Tシャツと短パン姿になった。

「先に夕食にしましょうか」

皆で手だけ洗って佳江が言うと、治郎を含めた四人は食卓に就いた。

「奈津子さんから言われてるので、今日だけは少し飲みましょう」

佳江が言って、冷蔵庫からビールを三本と赤ワインのボトルを一本出すと、江梨花と真矢も歓声を上げた。

治郎も弱いので、四人ならちょうど良い量だし、幸い唯一の未成年である安奈はいない。

四人はまずビールで乾杯して料理をつまみ、やがてワインにした。

（皆、すごく淫気を高めている……）

（身体は大丈夫か？）

小夜が、彼の心に語りかけてきた。

（ええ、大丈夫。ただ母娘がいないので、三人ともだいぶ激しくなりそうだ）

小夜は言って期待したのか、それきり黙ってしまった。

やがて四人だからワインもすぐ空になったが、物足りない様子も見せず彼女たちは食事を済ませた。

そして手分けして洗い物を済ませると、

「ね、みんなでお風呂に入りましょう」

佳江が言い、江梨花と真矢も全く異存はないようだった。

「さあ、せっかくだから治郎さんも」

言われて、治郎も胸を高鳴らせて頷いた。

やがて四人は脱衣場に行き、甘ったるい匂いを漂わせて全裸になると、皆でバスルームに入ったのだった。

第六章　目眩《めくるめ》く快楽よ永遠に

1

（大丈夫。みんなその気になっているから……）

　小夜が治郎に言った。

　どうやら小夜が、佳江と江梨花と真矢の内部を見て回り、あるいは淫気が湧くよう仕向けたのかも知れない。

　先日は3Pだったが、今夜は4Pということになるようだ。治郎も期待と興奮に激しく勃起したが、果たして平等に自分のザーメンが行き渡るだろうかと少し不安になってしまった。

とにかく三人がヤル気満々なら遠慮は要らない。バスルームに入ると彼は、正直に願望を口にした。

「あ、あの、足を濡らす前に嗅ぎたい……」

「え？　まあ、すごく勃ってる。いいわ、最後の夜だから、何でも好きなように言って」

思いきって言うと佳江がペニスを見て答え、江梨花と真矢も異存ないようにキラキラする熱い眼差しを向けてきた。

さすがにバスルームだから佳江はメガネを外しているから、その美しい素顔もまた新鮮に映った。

治郎はバスマットに仰向けになり、ピンピンに勃起したペニスを晒した。

すると三人も彼の顔の周囲に集まり、スックと立って見下ろしてきた。

まだ何もしていなくても三人分の熱気が甘ったるくバスルーム内に立ち籠め、その甘ったるく混じり合った匂いが、治郎の鼻腔から胸に沁み込み、激しくペニスに伝わってきた。

「じゃ私からね」

佳江が言い皆に摑まりながら片方の足を浮かせ、そっと彼の顔に乗せてきた。

さらに江梨花と真矢も顔の端に足を乗せてくると、

「ああ……」

治郎は、とびきり贅沢な快感に熱く喘いだ。

一人一人が超美女なのに、三人まとめて大雑把に味わうなど勿体なすぎて罰が当たりそうだった。

「ああ、こんなことするなんて……」

「ええ、変な気持ち……」

彼女たちが、遥か上でヒソヒソと話し合い、彼の顔を三人で分けながら均等に足裏を乗せていた。何やら女神たちに踏みしめられている邪鬼の思いで、治郎は勃起した幹を震わせた。

それぞれの足裏を舐めながら見上げると、六本の健康的な脚がニョッキリと並んで上に伸びていた。

順々に指の股に鼻を割り込ませて嗅ぐと、誰も汗と脂に生ぬるく湿り、蒸れた匂いが濃厚に沁み付いていた。嗅ぎながら爪先をしゃぶり、全ての指の股に舌を潜り込ませて味わうと、

「あう、くすぐったいわ……」

三人はガクガクと脚を震わせて呻き、同性たちがいることに抵抗もなく楽しんでいるようだった。

足を交代してもらうと、治郎はそちらも新鮮な味と匂いを貪り尽くし、やがてすっかり堪能して口を離した。

「跨いでしゃがんで……」

言うと、やはり真っ先に佳江が跨がり、和式トイレスタイルでしゃがみ込んできた。

M字になった脚がムッチリと張り詰め、すでに濡れている割れ目が彼の鼻先に迫り、熱気と湿り気が顔中を包み込んだ。

すると、江梨花と真矢が先にペニスに屈み込み、チロチロと一緒になってしゃぶりはじめたではないか。

（ああ、気持ちいい……）

小夜が、まず彼の中に入り込んで男の快感を味わいはじめて喘いだ。

治郎も佳江の股間を抱き寄せ、黒々と艶のある茂みに鼻を擦りつけ、生ぬるく濃厚に蒸れて籠もった汗とオシッコの匂いを貪った。

舌を挿し入れると、割れ目内部の柔肉は大量の愛液に潤っていた。

膣口の襞をクチュクチュ掻き回し、クリトリスまで舐め上げていくと、

「アアッ……！」

佳江が喘ぎ、思わずキュッと座り込みそうになって両足を踏ん張った。

その間も、江梨花と真矢の舌が亀頭を舐め回し、股間に混じり合った熱い息が籠もっていた。

彼は佳江の割れ目の味と匂いを堪能してから、白く丸い尻の真下に潜り込み、顔中に双丘を密着させて谷間の蕾に鼻を埋めて嗅いだ。

蒸れて籠もる微香で胸を満たし、舌を這わせてヌルッと潜り込ませると、

「く……！」

佳江が呻き、キュッと肛門で舌先を締め付けた。

治郎は淡く甘苦い粘膜を滑らかに探り、ようやく舌を引き離すと、

「も、もういいわ、交代……」

佳江が言って股間を引き離すと、順番からして江梨花がペニスから離れて彼の顔に跨がってきた。

すると佳江が亀頭にしゃぶり付き、真矢は彼の脚を浮かせて肛門や陰嚢に舌を這わせはじめてくれた。

至れり尽くせりの刺激の中、治郎は鼻先に迫った江梨花の腰を抱き寄せ、柔らかな恥毛に鼻を埋め込んで嗅いだ。

これも汗とオシッコの匂いが蒸れて濃く沁み付いていたが、やはり立て続けに嗅ぐと佳江とは微妙に異なっていた。

鼻腔を満たしながら舌を這わせ、大量に溢れるヌメリをすすり、膣口からクリトリスを舐め回すと、

「アア、いい気持ち……」

江梨花が熱く喘ぎ、自分から割れ目を彼の鼻や口に擦りつけてきた。

治郎は匂いと熱気に噎せ返りながらクリトリスを吸い、さらに尻の真下に潜り込み、ピンクの蕾に鼻を埋めて微香を嗅ぎ、舌を這わせて潜り込ませた。

「あう……」

江梨花が呻いて肛門を締め付けると、真矢が彼の肛門にヌルッと舌を潜り込ませてきた。

治郎は自分がしていることを同時に受け止め、執拗に舌を蠢かせた。

佳江も念入りにペニスをしゃぶり、生温かな唾液にまみれさせた。

やがて江梨花の前も後ろも味わうと、彼女が股間を引き離して移動した。

すると真矢が来て跨がり、内腿をムッチリと張り詰めさせてしゃがみ込んだ。

やはり恥毛には汗とオシッコの匂いが混じって濃く沁み付き、彼は嗅ぎながら舌を這わせ、溢れる蜜をすすってクリトリスを舐め回した。

「ああ……！」

真矢も熱く喘ぎ、ヒクヒクと白い下腹を波打たせた。

尻の真下にも移動し、ピンクの蕾に鼻を埋めて蒸れた匂いを貪り、舌を這わせてヌルッと潜り込ませ、滑らかな粘膜を味わうと、

「く……」

真矢も肛門で舌先を締め付けて呻き、溢れる愛液を彼の鼻筋に生ぬるくトロリと垂らしてきた。そして真矢の前も後ろも存分に味わう頃、江梨花と佳江も彼の股間から顔を上げた。

「いい？　入れるわ」

佳江が言って跨がり、しゃがみ込んで唾液に濡れた先端を割れ目に押し当て、ゆっくり腰を沈めて膣口に受け入れていった。

彼自身はヌルヌルッと滑らかな肉襞の摩擦を受け、熱く濡れた柔肉の奥に呑み込まれ、彼女の股間が密着してきた。

「アアッ……、いいわ、奥まで感じる……！」

佳江が顔を仰け反らせて喘ぎ、キュッと締め上げてきた。

治郎も快感を嚙み締めて舌を引っ込めると、真矢も股間を引き離してくれた。

すると真矢と江梨花が左右から彼に添い寝し、佳江も身を重ねてきたのだ。

彼は両膝を立てて佳江の豊満な尻を支え、左右の子たちも抱き寄せて、三人分の乳首を順々に含んで舐め回していった。

左右と真上から三人の汗ばんだ柔肌が密着し、彼は身動きできないほど生温かな肉に囲まれていた。

三人分の左右の乳首を吸い、顔中に膨らみを受け止めるだけで、混じり合った甘ったるい汗の匂いが胸の奥にまで沁み込んできた。

乳首を味わい尽くすと、さらに彼は皆の腋の下にも鼻を埋め込み、濃厚に沁み付いた汗の匂いに噎せ返った。

「ああ、いい気持ち……」

すると佳江が緩やかに腰を動かしはじめ、たちまち溢れる愛液に律動が滑らかになっていった。

なるべく我慢しながら、治郎もズンズンと股間を突き上げはじめた。

左右から、江梨花と真矢が彼の耳の穴を舐めると、熱い息遣いとともに、聞こえるのはクチュクチュと舌の蠢く音だけだった。

まるで頭の中まで舐め回されている心地で、さらに彼は真上の佳江の顔を引き寄せ、ピッタリと唇を重ねていった。

すると江梨花と真矢も治郎の左右の頬を舐め、いつしか三人で彼が伸ばした舌を舐め合いはじめたのである。

2

（ああ、すごい……）

治郎は、三人分の舌を舐め回し、混じり合って滴る生温かな唾液をすすって快感を高めた。

二人を相手の時も強烈だったのが、三人もが相手となると刺激も快感も濃厚すぎるほどだった。治郎の顔中も鼻の穴も、三人の吐息に湿り気を帯び、三人の舌は彼の顔中にも這い回った。

いったん動くと、あまりの快感に股間の突き上げが止まらなくなった。

真上の佳江の口からは、熱く湿った花粉臭の吐息が漏れ、江梨花の果実臭に真矢のシナモン臭も混じり、さらに夕食の名残で淡いワインの香気や、様々な刺激も鼻腔を掻き回してきた。

「い、いきそう……！」

治郎は摩擦と収縮に刺激され、三人の唾液で顔中ヌルヌルにまみれながら、混じり合った悩ましい吐息の匂いに高まった。

すると佳江も密着した股間を激しく擦り付け、粗相したように愛液を漏らしながら膣内の収縮を活発にさせていった。

なおも股間を突き上げていくと、

「い、いっちゃう……、アアーッ……！」

とうとう先に佳江が声を上ずらせ、ガクガクと狂おしいオルガスムスの痙攣を繰り返しはじめた。

もう我慢できず、治郎も続いて大きな絶頂の快感に貫かれると、

「く……！」

呻きながら、熱い大量のザーメンをドクンドクンと勢いよくほとばしらせ、柔肉の奥深い部分を直撃してしまったのだった。

「あう、気持ちいい……！」

噴出を感じた佳江が呻き、さらに締め上げを強くしていった。

（い、いく……、アアッ……！）

たちまち佳江の中にいる小夜も声を上げ、激しく昇り詰めたようだ。

治郎も、左右と真上から迫る三人の温もりと匂いを貪りながら心ゆくまで快感を嚙み締め、最後の一滴まで出し尽くしていった。

あまりに大きな満足にグッタリと力を抜くと、

「ああ……、もうダメ……」

佳江も肌の強ばりを解いてもたれかかり、荒い息遣いで声を洩らした。

治郎は重みを感じながら、まだ名残惜しげに息づく膣内でヒクヒクと過敏に幹を跳ね上げた。

そして三人分の唾液と吐息の匂いを嗅いで鼻腔を刺激されながら、うっとりと余韻に浸り込んでいった。

すると佳江がノロノロと身を起こして股間を離し、ゴロリと横になった。

「ね、回復して。どうすればいいかしら」

江梨花が言うので、治郎も、

「オ、オシッコをかけて……」

息を弾ませて答えた。

「そう言うと思ったわ。だからお夕食の時から我慢していたんだから」

江梨花が言い、真矢と一緒に彼の顔の左右に立って股間を突き出した。

すると、息も絶え絶えになっている佳江も余韻から覚めたように身を起こし、彼の腹に跨がってきたのである。

三人の割れ目が迫ると、妖しい期待に治郎は休む暇もなくムクムクと回復してきたのだった。

「いい？　出るわ……」

「私も、いっぱい出そうよ、溺れないで……」

江梨花と真矢が中腰になって言うなり、二人の割れ目からチョロチョロと熱い流れがほとばしり、勢いを付けて彼の顔に注がれてきた。

「あう……」

治郎が温もりを受け止めながら呻くと、佳江の割れ目からも流れが飛び散り、彼の顔に降りかかってきたのだ。

さすがに味わう余裕もなく、彼は味と匂いに包まれて悶えた。

それぞれは味も匂いも淡く控えめなものだが、三人いっぺんとなると、悩ましい匂いが混じり合って鼻腔を刺激してきた。

「ああ、いい気持ち……」

「でも、こういうのが普通と思わない方がいいわね……」

真矢と江梨花が言い、佳江も加えて三人はゆるゆると放尿を続けたのだった。

ようやく順々に流れが治まっていくと、治郎は残り香の中で雫を舌に受け、ペニスもすっかりピンピンに回復していたのだった。

やがて三人が股間を引き離し、さらに彼に要求を求めてきた。

「次は何をしてほしい？」

「あ、あちこち噛んで……」

「いいわ、食べられたいのね」

江梨花が言い、真矢と左右から彼の頰をそっと噛み、さらに両の乳首もコリコリと綺麗な前歯で刺激してくれた。

すると呼吸を整えた佳江も加わり、三人で彼の内腿や脇腹に歯をキュッと食い込ませてくれたのだった。

「アア、気持ちいい……」

治郎も、三人の美女たちに食べられている心地で喘ぎ、甘美な快感で肉棒もすっかり元の硬さと大きさを取り戻した。

そして三人がペニスや陰嚢に舌を這わせ、もちろんそこだけは歯を当てずに、混じり合った唾液にまみれさせてくれた。

「入れたいわ……」

江梨花が言って身を起こし、もうためらいも羞《は》じらいもなく自転車にでも乗るようにヒラリと跨がり、唾液に濡れた先端に割れ目を押し当ててきた。

息を詰め、ゆっくり腰を沈み込ませると、彼自身もヌルヌルッと滑らかに熱く濡れた肉壺に呑み込まれていった。

「ああっ……、いい気持ち……」

江梨花が顔を仰け反らせて座り込み、密着した股間をグリグリ擦り付けながら身を重ねてきた。

治郎が下から抱き留めて両膝を立てると、佳江と真矢も左右に添い寝して肌を密着させ、また三人で彼の顔中に舌を這わせてくれたのだ。

「アア……」

治郎も喘ぎ、ズンズンと股間を突き上げて摩擦快感を味わった。

まだ真矢も控えているので、ここで果てるのはためらいもあったが、三人もいると回復も精力も三倍になっている気がした。

しかし江梨花も、この女三人という異常で妖しい雰囲気に酔いしれているのか、すぐにも膣内の収縮を活発にさせて腰を遣いはじめた。

(ま、またいきそう……！)

小夜が、早くも絶頂を迫らせて口走った。

彼女も、何度快楽を得ても一向に成仏する様子はなく、むしろ今は快楽に執着して彷徨《さまよ》い続けているかのようだった。

「き、気持ちいいわ、いく……、アアーッ……！」

いくらも動かないうち、江梨花が声を上ずらせて喘ぎ、ガクガクと狂おしいオルガスムスの痙攣を開始してしまった。

どうやら佳江の絶頂を見たり、その前からの妖しい雰囲気の中で、すっかり下地が出来上がっていたのだろう。

治郎は激しい動きの中でも、辛うじて絶頂を堪え、やがてすっかり満足した江梨花がグッタリともたれかかってきた。

「ああ、良かった……」

江梨花が肌の硬直を解いて言うと、荒い呼吸を繰り返しながら後輩のため股間を引き離し、ゴロリと横になって場所を空けてやった。

すると真矢が身を起こして跨がり、江梨花の愛液にまみれたペニスを、ヌルヌルッと一気に根元まで受け入れていったのだった。

「アアッ……！」

真矢も顔を仰け反らせて喘ぎ、味わうようにキュッキュッと締め上げてきた。

治郎も、微妙に異なる感触と温もりの中、身を重ねてきた真矢を抱き留めてズンズンと股間を突き上げた。

左右からは、江梨花と佳江が密着して顔を寄せ、これでローテーションの全てが終わり、彼も安心して絶頂を目指していった。

真矢も激しく股間を擦り付けて腰を動かし、収縮を高めていった。

「ああ……、すぐいきそう……！」

真矢が口走り、粗相したかと思えるほど大量の愛液を漏らし、互いの股間をビショビショにさせながら動きを滑らかにしていった。

治郎は三人の顔を引き寄せて舌をからめ、混じり合った唾液と吐息を吸収しながら、本日何度目かの絶頂を迎えたのだった。

「く……！」

突き上がる快感に呻き、ありったけの熱いザーメンをドクンドクンと勢いよく注入すると、

「い、いく……、アアーッ……！」

噴出を感じた真矢もオルガスムスのスイッチが入り、ガクガクと狂おしく身悶えはじめた。

治郎は心置きなく快感を嚙み締めながら、最後の一滴まで出し尽くした。

もうこれで終わりなのだろうが、皆の流れでどうなるか分からない。まだまだこの贅沢な夜は、始まったばかりなのであった……。

3

「本当にお世話になりました」

「有難うございました。良い合宿でした」

翌朝、朝食を済ませると合宿も終了し、佳江と江梨花、真矢が奈津子と治郎に言った。

治郎も名残惜しいが、同じ市内なのだし全員とラインは交換しているから、また今度は個々に会う機会もあるだろう。

昨夜、治郎は三人を相手に快楽の限りを尽くし、遅くなって正男と奈津子、安奈が帰宅したのも分からないほど部屋で眠りこけていた。

しかし目覚めると、特に疲労もなく淫気も満々になっているので、やはり小夜の絶大なパワーを宿しているのだろう。

やがて彼女たちは防具や着替えの荷物を車に積み込み、佳江の運転で高井荘を去っていった。

すると奈津子も、昨夜貸し切りだった正男の店の片付けに出かけてしまった。

「ね、私のお部屋に来て」

安奈と二人きりになると、彼女が治郎に言い、母屋の二階にある自室に招いてくれた。

初めて入る少女の部屋は、さすがに佳江のマンションとは趣が違った。

窓際にベッドと、手前に学習机。本棚にはぬいぐるみが置かれ、思春期の甘い匂いが立ち籠めていた。

明日からまた安奈は大学剣道部に通うようだが、今日はお休みである。

「治郎さんは、いつまでうちに居られる？」

「いや、合宿も終わったので明日の朝、朝食を頂いたら引き上げるよ」

「そう……」

「まあ自転車で行き来できる距離だからね、また来るし、うちにも遊びにおいで」

「ええ」

治郎が言うと、安奈も素直に頷いた。そして、せっかく二人きりだからと、熱っぽい眼差しを治郎に向け、彼もムクムクと勃起してきた。

「じゃ、脱いじゃおうか」

彼が言って脱ぎはじめると、安奈もブラウスのボタンを外しはじめた。

治郎は手早く全裸になると、先に彼女のベッドに身を横たえた。

枕には、やはり美少女の濃厚な匂いが沁み付き、その刺激が胸からペニスに伝わっていった。

「そうだ。高校時代の制服ある？　良ければ着てみて」

「あるけど、入るかな……」

ふと思い付いて言うと、安奈は答えながらロッカーを開け、奥から白い長袖のセーラー服を引っ張り出した。

スカートは濃紺で、セーラー服の襟と袖も紺で三本の白線があり、スカーフは白。女子高を卒業して、まだ半年と経っていないのだから体型も変わっていないだろう。

安奈は最後の一枚まで脱ぎ去り、全裸になってからスカートを穿《は》き、セーラー服を着て胸元でスカーフを締めた。

「わあ、可愛い……」

治郎は歓声を上げ、たちまち女子高生に戻った安奈をベッドに招いた。

「ここに座って」

彼が仰向けのまま下腹を指して言うと、安奈も恥じらいを含みながら恐る恐る跨がってくれた。完全にしゃがみ込んで座ると、ノーパンだから生ぬるく湿った割れ目が下腹に心地よく密着してきた。

「脚を伸ばして顔に乗せてね」

言いながら立てた両膝に寄りかからせると、安奈もそろそろと脚を伸ばし、両足の裏を顔に置いた。

「アア、変な気持ち……」

安奈が喘ぎ、座りにくそうに身じろぐたび割れ目が擦り付けられた。

治郎は顔中に足裏を受け止めて舌を這わせ、指の間に鼻を押し付けて嗅いだが蒸れた匂いは淡いものだった。

それでも爪先にしゃぶり付き、順々に指の股に舌を割り込ませて味わうと、

「あん、くすぐったいわ……」

安奈が声を震わせて腰をくねらせ、密着する割れ目の潤いが増してくる様子が伝わってきた。

「じゃ、前へ来て跨がって」

足指の味と匂いを貪り尽くすと、彼は口を離して言った。

安奈もすぐ彼の顔の左右に両足を置き、そろそろと前進して顔に跨がり、しゃがみ込んでくれた。

正に、女子高生の和式トイレスタイルを真下から見た感じである。

M字になった脚がムッチリと張り詰め、ぷっくりした割れ目が鼻先に迫って生ぬるい熱気を放った。

腰を抱き寄せて柔らかな若草に鼻を埋めると、汗とオシッコの匂いが淡く籠もり、悩ましく鼻腔を掻き回してきた。

胸を満たしながら舌を這わせると、そこはすでにネットリと潤っていた。

膣口の襞を掻き回し、クリトリスまで舐め上げていくと、

「アアッ……、いい気持ち……」

安奈が喘ぎ、座り込みそうになって両足を踏ん張った。

治郎は味と匂いを堪能し、充分にクリトリスを舐めて濡らしてから、大きな水蜜桃のような尻の真下に潜り込んだ。

可憐な薄桃色の蕾に鼻を埋めて微香を嗅ぐと、顔中に弾力ある双丘が密着してきた。

チロチロと舐めて襞を濡らし、ヌルッと潜り込ませて滑らかな粘膜を探ると、

「あう……！」

安奈が呻き、キュッと肛門で舌先を締め付けてきた。

治郎も充分に舌を蠢かせてから、再び割れ目に戻り、量の増したヌメリをすってクリトリスに吸い付いた。

「も、もうダメ……」

安奈が絶頂を迫らせたように言い、ビクリと股間を引き離した。

そして自分から移動して、大股開きになった彼の股間に腹這い、顔を寄せて先

端に唇を迫らせてきた。

幹にそっと指を添え、粘液の滲む尿道口をチロチロと舐め回し、張り詰めた亀頭にしゃぶり付くと、そのままスッポリと喉の奥まで呑み込んでいった。

「ああ、気持ちいい……」

治郎は快感に喘ぎ、セーラー服の美少女の口の中でヒクヒクと幹を震わせた。

安奈も幹を丸く締め付けて吸い、熱い息を股間に籠もらせながら、口の中でクチュクチュと舌をからめてくれた。

「い、いきそう、跨いで入れて……」

彼が充分すぎるほど高まって言うと、安奈も唾液にまみれた肉棒からチュパッと口を離して顔を上げた。

身を起こして前進すると彼の股間に跨がり、裾をめくって先端に割れ目を押し当ててきた。

位置を定めると息を詰め、彼女がゆっくり腰を沈めていくと、彼自身はヌルヌルッと滑らかに根元まで呑み込まれていった。

「アアッ……！」

ぺたりと座り込んだ安奈が顔を仰け反らせて喘ぎ、治郎も肉襞の摩擦ときつい締め付け、潤いと温もりに包まれて快感を味わった。

まだ動かず、抱き寄せながらセーラー服の裾をめくり、はみ出した乳首にチュッと吸い付いて舌で転がすと、

「ああ、いい気持ち……」

安奈が息を弾ませて喘ぎ、キュッキュッと膣内を締め付けてきた。

治郎は左右の乳首を交互に含んで舐め回し、顔中で張りのある膨らみと淡い汗の匂いを味わった。

昨夜が複数相手の饗宴《きょうえん》だったから、なおさら一対一のときめきと快感が強調されるように、彼もジワジワと高まっていった。

そして乳首を味わい尽くすと、彼は美少女の首筋を舐め上げ、ピッタリと唇を重ねていった。

舌をからめて唾液のヌメリを味わいながら、ズンズンと股間を突き上げはじめると、

「アア……、い、いっちゃいそう……」

安奈が口を離して喘ぎ、自分からも合わせて腰を動かしはじめた。

互いの動きがリズミカルに一致し、愛液で動きが滑らかになると、ピチャクチ

ヤと淫らに湿った摩擦音が聞こえてきた。

治郎は彼女の喘ぐ口に鼻を押し込み、何とも甘酸っぱく可愛らしい息の匂いで胸を満たしながら、あっという間に昇り詰めてしまった。

「く……！」

突き上がる大きな絶頂の快感に呻き、熱い大量のザーメンをドクンドクンと勢いよく中にほとばしらせると、

「あ、熱いわ、いく……、アアーッ……！」

噴出を感じた安奈も、たちまち声を震わせガクガクと狂おしいオルガスムスの痙攣を開始したのだった。

（い、いく……、何と良い……！）

小夜も安奈の中で、激しく喘いで昇り詰めていた。

治郎は心ゆくまで快感を味わい、最後の一滴まで出し尽くした。

徐々に動きを弱めながら、次第にグッタリのしかかる美少女の重みを感じ、息づく膣内でヒクヒクと過敏に幹を震わせた。

「ああ、気持ち良かったわ……」

安奈がうっとりと言い、彼は美少女の吐き出す濃厚で悩ましい果実臭の吐息を

嗅ぎながら、うっとりと快感の余韻に浸り込んでいったのだった。

4

「小父さん、お話があるんですけど」

夕食の時、治郎は珍しく早めに帰宅した正男に言った。

今日は、治郎は一日、道場と客間の掃除に専念していた。そして明朝、家に帰ることを皆に言ったのだった。

「なんだい？　あらたまって。まさか安奈を嫁に欲しいとか言うんじゃないだろうな？」

ビールでほろ酔いの正男が上機嫌に言うと、安奈がドキリとしたように二人の顔を見て、奈津子は期待を込めた眼差しで治郎を見た。

「い、いえ、実は部屋にあったご先祖の遺髪のことだけど、差し出がましいようだけど、供養した方が良いと思うんですが」

治郎が言うと、正男は大きく頷いた。

「あ、そうだった！　親父に言われていたんだ」

正男は言い、真剣な眼差しを治郎に向けた。

「親父も気にして、先祖代々の墓に入れなければと言っていたんだが、そのうち入院して、親父の葬儀でゴタゴタするうちすっかり忘れていたんだ」

「そうでしたか」

「ああ、明日は休みだから住職に相談してみる。お経を上げてもらって、懇ろに弔わないと」

「それなら僕も一緒に行きます」

治郎は言った。菩提寺《ぼだいじ》も、それほど遠くない場所である。

やがて夕食を終えると、治郎は部屋に引き上げてきた。

「それでいいね？　いつまでもこのままより」

姿を現した小夜に言うと、

「ええ、もう思い残すこともありませんので」

彼女も神妙な面持ちで答えた。

元より小夜は武士として生きたのだから、戦で死んだことに悔いはないだろうし、またこれだけ多く男女の快楽を得たのである。

治郎も納得し、これで安心して家に帰れると思い、明日のため私物の整理をしておいた。

そして夜も更け、みな各部屋で休んだと思われる頃、パジャマ姿の奈津子がそっと忍んできたのだった。

「いよいよ明日帰ってしまうのね。短い間だけど、色んなことがあったわ」

「ええ、でも近いですから」

「本当に、治郎さんが安奈と一緒になってくれたら嬉しいわ」

奈津子は言い、それとは別に自身の淫気を前面に出し、熱っぽく彼を見つめてきた。

あとは言葉も要らず通じ合う淫気に任せて彼が脱ぎはじめると、奈津子もすぐに一糸まとわぬ姿になっていった。

（ああ、味わうのも最後かも……）

小夜も嬉々として言い、奈津子の中に入ったようだった。

奈津子が布団に横たわると、生ぬるく甘ったるい匂いが漂ってきた。

片付けや洗い物をしていたので、入浴は寝しなにするつもりで、また彼が悦ぶのでナマの匂いのまま来てくれたようだ。

治郎も全裸になると添い寝し、のしかかるように巨乳に顔を埋め込み、ツンと勃起した乳首に吸い付いて舌で転がした。

「アア……、いい気持ち……」

奈津子がすぐにも熱く喘ぎ、クネクネと熟れ肌を悶えさせはじめた。

治郎も顔中で柔らかな巨乳の感触を味わいながら、左右の乳首を交互に含んで舐め回し、色っぽい腋毛の煙る腋の下にも鼻を埋め込んで嗅いだ。

今日も一日分の生ぬるく甘ったるい汗の匂いが沁み付き、彼はうっとりと胸を満たしてから、白い熟れ肌を舐め降りていった。

豊満な腰から脚を舐め降り、まばらな体毛のある脛をたどり、足裏を舐め回した。指の股に鼻を割り込ませて嗅ぐと、やはりそこは汗と脂にジットリ湿り、蒸れた匂いが濃く沁み付いていた。

彼は美熟女の足の匂いを貪り、爪先にしゃぶり付いて両足とも全ての指の間を舐め回した。

「あう……、ダメ……」

奈津子がくすぐったそうに腰をくねらせて呻き、やがて治郎は彼女を大股開きにさせ、脚の内側を舐め上げていった。

白くムッチリと張り詰めた内腿を舐めて、湿り気の籠もる股間に迫ると、悩ましい熱気が顔中を包み込んできた。

堪らずに茂みに鼻を埋め、擦り付けて嗅ぐと、生ぬるい汗とオシッコの匂いが悩ましく鼻腔を刺激してきた。

治郎はうっとりと胸を満たしながら舌を這わせ、淡い酸味のヌメリでかつて安奈が産まれ出てきた膣口の襞を掻き回し、クリトリスまで舐め上げていった。

「アアッ……！」

奈津子が身を弓なりに反らせて熱く喘ぎ、内腿でキュッときつく彼の両頬を挟み付けてきた。

治郎も豊満な腰を抱えてクリトリスを舐め、溢れる愛液をすすってから、彼女の両脚を浮かせた。白く豊かな尻に迫り、谷間に閉じられたピンクの蕾に鼻を埋めて嗅ぐと、蒸れた微香が感じられ、顔中に密着する双丘の弾力が何とも心地よかった。

舌を這わせて収縮する襞を濡らし、ヌルッと潜り込ませて滑らかな粘膜を探ると、キュッと肛門が締まって舌先を締め付けた。

「お、お願い、そんなところはいいから、早く入れて……」

奈津子が脚を下ろしてせがむので、治郎も身を起こして股間を進めた。

まずは正常位で先端を押し当て、ゆっくり挿入していくと、

「あう……、いいわ……！」

彼女が顔を仰け反らせて呻き、根元まで受け入れてキュッと締め付けてきた。

治郎もヌルヌルッとした肉襞の摩擦と温もりを味わい、何度か腰を突き動かして艶めかしい感触に高まった。

しかし、まだまだ果てる気はない。

いったん引き抜くと奈津子を横向きにさせ、上の脚を真上に持ち上げて下の内腿を跨ぎ、松葉くずしの体位で再び挿入。

（アア、すごい……）

小夜も快感の声を上げ、急激に高まったようだ。

互いの股間が交差しているので密着感が高まり、彼は上の脚に両手でしがみつきながら何度か動いた。そして引き抜き、

「どうか、四つん這いに」

彼が言うと、奈津子も息を弾ませながら従い、うつ伏せになって尻を突き出してくれた。

治郎も膝を突いて股間を進め、愛液にまみれたペニスをバックから膣口に挿入

していった。

「アア……！」

奈津子が喘ぎ、白く滑らかな背中を反らせ、尻をくねらせた。

彼は股間に密着して弾む豊満な尻の感触を味わい、何度か腰を前後して肉襞の摩擦に高まっていった。

「い、いきそうよ、もっと突いて……！」

奈津子が顔を伏せてせがみ、大量の愛液を漏らして内腿までヌラヌラと濡らしはじめていた。

しかし彼は、やはり仕上げは好きな女上位で果てたかった。

また引き抜いて仰向けになっていくと、

「ああ……、意地悪ね……」

奈津子が快楽を中断されて不満げに言いながらも、移動して彼の股間に屈み込んだ。そして自らの愛液にまみれているのも構わず、ペニスにしゃぶり付いてスポスポと摩擦してくれた。

「ああ、いきそう……、跨いで入れて……」

今度は治郎がせがむ番だった。

すぐに奈津子はスポンと口を離し、身を起こして前進してきた。

仰向けの彼の股間に跨がり、先端を膣口にあてがうと、息を詰めてゆっくり腰を沈み込ませていった。

「アア、もう抜かせないわ……」

ヌルヌルッと根元まで受け入れた奈津子は喘いで言い、股間を密着させると身を重ねてきたのだった。

5

「ああ、気持ちいい……」

治郎も締め付けと温もりに包まれながら喘ぎ、下から両手を回してしがみつき僅かに両膝を立てて豊満な尻を支えた。

奈津子は腰を遣いながら上からピッタリと唇を重ね、治郎もヌルッと潜り込んだ舌を舐め回し、生温かくトロリとした唾液をすすった。

「ンン……」

彼女も治郎が悦ぶのを知っているので、ことさらトロトロと多めの唾液を口移しに注ぎ込んでくれた。

彼はうっとりと味わい、喉を潤して酔いしれながら、彼女に動きを合わせてズンズンと股間を突き上げはじめた。

何とも心地よい摩擦が幹を包み、溢れる愛液が動きを滑らかにさせ、クチュクチュと湿った音が聞こえてきた。大量のヌメリが互いの股間をビショビショにさせ、肛門の方にも生温かく伝い流れた。

「アア、いきそうよ……」

奈津子が唾液の糸を引いて口を離し、膣内の収縮を高めながら口走った。

喘ぐ口に鼻を押し込んで嗅ぐと、湿り気ある白粉臭の吐息が何とも悩ましく鼻腔を刺激してきた。

「いい匂い……」

胸を満たして思わず言うと、奈津子も恥じらいでさらに熱い息を弾ませた。

「ね、ママって言いなさい」

奈津子が熱く囁くと、

「ママ……」

治郎も甘酸っぱい興奮に胸を満たして答えた。実家の母親はお母さんと呼んでいるので、ママと呼ぶことに抵抗はない。

「アアッ、い、いく……！」

たちまち奈津子は声を上ずらせるなり、ガクガクと狂おしいオルガスムスの痙攣を開始してペニスを締め上げてきた。

（き、気持ちいいッ……！）

小夜も、大きな快感を得たように声を上げた。

「く……！」

続いて治郎も呻き、まるで二人分の快感を受け止めるように、収縮する膣内で揉みくちゃにされながら絶頂に達してしまった。

同時に、大きな快感の中でありったけの熱いザーメンがドクンドクンとほとばしり、柔肉の奥を直撃した。

「あう、もっと出して……！」

噴出を感じた奈津子が駄目押しの快感に呻き、ザーメンを飲み込むようにキュッキュッときつく締め付けた。

治郎も溶けてしまいそうな快感を味わい、心置きなく最後の一滴まで出し尽くしていったのだった。

やがて満足しながら、彼は徐々に突き上げを弱めていった。

「ああ……、良かったわ、すごく……」

奈津子も力なく声を洩らし、動きを止めてグッタリともたれかかってきた。

まだ膣内は名残惜しげに収縮を繰り返し、刺激されたペニスがヒクヒクと過敏に内部で跳ね上がった。

「も、もう堪忍……」

奈津子も敏感になって言い、きつくキュッと締め上げてきた。

治郎は美熟女の重みと温もりを感じ、熱く甘い白粉臭の吐息を胸いっぱいに嗅ぎながら、うっとりと快感の余韻に浸り込んでいった。

やがて呼吸を整えると、奈津子がそろそろと身を起こして股間を引き離し、ティッシュで手早く割れ目を拭うと、愛液とザーメンにまみれたペニスにしゃぶり付き舌で綺麗にしてくれた。

「あうう、も、もういいです……」

治郎は腰をくねらせ、降参するように言った。

ようやく彼女も口を離すと、ティッシュに包み込んで拭ってくれた。

「じゃ、お風呂に入ってから寝るわね」

「ええ、僕はこのまま寝ることにします……」

治郎は、身を投げ出したまま答えた。

一緒にバスルームへ行くと、またオシッコを求めたりして、もう一度したくなってしまうだろう。もう一度ぐらいしたいところだが、最後の夜なので彼は小夜と話したかったのである。

やがて奈津子が部屋を出てゆき、足音が遠ざかっていくと小夜が姿を現した。

すると小夜が何と、着ていた白い着物を脱ぎはじめたのである。

「ぬ、脱げるの……?」

「ええ、最後だから神の恵みがあったみたい」

驚いて言うと、小夜も答えて見る見る一糸まとわぬ姿になったではないか。

乳房は形良く張りがありそうで、透けるように色白の肌に長い髪が映えた。

「み、見たい、顔を跨いで……」

言うと小夜も、今まで乗り移った女たちで慣れた行為をしてくれた。

顔に跨がりしゃがみ込むと、内腿がムッチリと張り詰め、楚々とした恥毛のある股間が鼻先に迫った。

何やら、熱気と匂いまで感じられるような気がした。

「開いて、中も見せて……」

言うと小夜が指を当て、薄桃色の陰唇を広げてくれた。

すると、まだ張り型しか知らない膣口が息づき、光沢あるクリトリスもツンと突き立って、柔肉全体がヌラヌラと潤っていた。

舐めてみたが、もちろん匂いも感触も伝わらない。

さらに尻の真下に潜り込むと、可憐な蕾がひっそり閉じられていたが、やはり舐めても舌触りは感じられなかった。

小夜も女上位のシックスナインでペニスに屈み込み、しゃぶり付いてきたが、これも感触は得られなかった。

それでも治郎は、初めて見る小夜の裸体にムクムクと回復していった。

やがて彼女が向き直ると、ペニスに跨がり、先端に割れ目を押し当てて一気に受け入れていった。

「アア……！」

小夜が顔を仰け反らせて喘ぎ、股間を密着すると、ほんの微かにだが締め付けとヌメリが伝わってきた気がした。

やがて小夜が身を重ねると、治郎も両手を回し、やはり朧気《おぼろげ》ながら彼女の感触が伝わってきた気がした。

「成仏したら、あちらで頼んで、私は治郎殿と安奈の子として生まれ変わることにする」

小夜が近々と顔を寄せて囁いた。

「た、頼むって、誰に……」

「分からないけど、神か仏か閻魔《えんま》様に頼んでみる」

小夜が言う。

治郎も安奈も一人っ子同士だが、双方の親もそれほど家名に拘《こだわ》る固い頭の持ち主ではないから、何とかなるかも知れない。

「そう、分かった。もし安奈と結婚して、子が産まれたら小夜の生まれ変わりと思うことにするよ」

「ええ、きっと武術に秀でているから、すぐ分かると思う」

小夜は言い、腰を動かしはじめた。

治郎もしがみつきながら僅かに両膝を立て、ズンズンと股間を突き動かしはじめた。

何となく温もりと締め付け、潤いと肉襞の摩擦が伝わってくる気がし、ペニスはムクムクと完全に回復していった。

傍《はた》から見たら、どのようであろうか。誰にも小夜の姿が見えず、治郎が一人で股間を突き上げているように見えるか、あるいは彼の上に白っぽい靄《もや》のようなものが覆いかぶさっているかも知れない。

治郎が下から唇を求めると、小夜も重ね合わせてきた。

舌を挿し入れると、ほんの少しだけ唾液にぬめった舌の蠢きが感じられた気がした。

「アア、いきそう……！」

小夜が口を離して喘ぎ、腰の動きと膣内の収縮を激しくさせていった。

彼女の吐息も、熱気や湿り気とともに、安奈に似た甘酸っぱい果実臭が微かに鼻腔を刺激してくる気がした。

「い、いく……！」

とうとう治郎も小夜とのセックスで昇り詰めてしまい、大きな快感に貫かれながら口走った。同時にありったけの熱いザーメンがドクンドクンと勢いよくほとばしると、

「い、いい気持ち……、アアーッ……！」

小夜も噴出を感じたように声を上げ、ガクガクと狂おしい痙攣を開始した。

今までは人の女に乗り移って快感を共有していたが、いま初めて自分自身が絶頂を味わったようだった。

治郎は快感を嚙み締めながら、最後の一滴まで出し尽くしていった。

すると小夜も満足げにもたれかかり、膣内で過敏に震えるペニスを締め付け続けた。

「ああ、今夜は朝まで一緒にいよう……」

治郎は囁き、身を預ける小夜を感じながら余韻に浸り込んでいったのだった。

本書は書き下ろしです。

実業之日本社文庫　最新刊

青柳碧人
彩菊あやかし算法帖　からくり寺の怪
キュートな彩菊が、妖怪が起こす事件を得意の算法で解決！『むかしむかしあるところに、死体がありました。』著者が贈る、新感覚時代×数学ミステリー！
あ16 2

阿川大樹
終電の神様　台風の夜に
ターミナルの駅員、当直明けの外科医、結婚式を予定しているカップル――台風で鉄道が止まる一夜、それぞれの運命が動き出す。感動のベストセラー新作！
あ13 3

秋吉理香子
婚活中毒
この人となら――と思った瞬間、あなたは既に騙されている！　人生はどんでん返しの連続。幸福を願うすべての人へ贈る婚活ミステリー。（解説・大矢博子）
あ23 1

安生 正
襲撃犯
碓氷峠で自衛隊の運搬車が襲撃された。自衛官惨殺、プルトニウム燃料強奪。鮮やかな手口だ。自衛隊崩壊の危機に、不器用な男たちが、愚直に真実を追う！
あ24 1

井川香四郎
桃太郎姫　望郷はるか
偽金騒動を通じて出会った町娘・桃香に、商家の若旦那がひと目惚れ。その正体が綾歌藩の若君（!?）と知らない彼は……人気シリーズ、待望の最新作！
い10 7

大林宣彦
ぼくの映画人生
映画とともに生き、道なき道を切り開いてきた著者が、七十歳を機にその半生と映画論を語った感動の自伝。すべての人の背中を押す勇気の書。（解説・赤川次郎）
お10 1

沢里裕二
湘南桃色ハニー
ビールメーカーの飯島は、恋人を寝取られたことをきっかけに己の欲望に素直になり……。ビーチで絡み合う水着と身体が眩しい、真夏のエンタメ官能コメディ！
さ3 11

実業之日本社文庫　最新刊

中島 要
御徒の女
大地震、疫病、維新……苦労続きの人生だけどたくましく生きる、下級武士の〝おたふく娘〟の痛快な一代記。今こそ読みたい傑作人情小説。（解説・青木千恵）
な8 1

西川美和
映画にまつわるXについて2
小説と脚本の違い。子役との撮影。主演俳優の自意識――大ヒット作『永い言い訳』公開までの苦闘の五年間を濃密な筆致で綴る、人気映画監督のエッセイ集！
に4 2

葉月奏太
盗撮コネクション 復讐代行屋・矢島香澄
洋品店の中年店主は、借金返済のためとそそのかされ、盗撮を行う。店主の妻は盗撮され、脅される。店主は自殺を決意し……。どんでん返し超官能サスペンス！
は6 9

南 英男
脅迫 強請屋稼業
新空港の利権にからみ、日本進出をもくろむアメリカ企業がスキャンダルをネタにゆさぶりをかける。敵対会社の調査を依頼された見城豪に迫る罠とは!?
み7 16

睦月影郎
みだら女剣士
女子大剣道部の合宿の手伝いをすることになった治郎。そこに幕末に死んだ女剣士の霊が現れ、次々と部員に取り憑き欲求を満たしていく。爽快スポーツ官能！
む2 13

木宮条太郎
水族館ガール7
出産後、母親が病気にかかったイルカ親子は別々のプールに。離れ離れの親子を対面させるため由香が思いついたアイディアは……超感動いきもの小説！
も4 7

吉田雄亮
雷神 草同心江戸鏡
穏やかな空模様の浅草の町になぜか連夜雷鳴が響く。雷門の雷神像が抜けだしたとの騒ぎの裏に黒い陰謀の匂いが……人情熱き草同心が江戸の正義を守る！
よ5 6

実業之日本社文庫 む213

みだら女剣士《おんなけんし》

2020年8月15日　初版第1刷発行

著　者　睦月影郎《むつきかげろう》

発行者　岩野裕一
発行所　株式会社実業之日本社
〒107-0062　東京都港区南青山5-4-30
CoSTUME NATIONAL Aoyama Complex 2F
電話 [編集]03(6809)0473 [販売]03(6809)0495
ホームページ　https://www.j-n.co.jp/
ＤＴＰ　ラッシュ
印刷所　大日本印刷株式会社
製本所　大日本印刷株式会社

フォーマットデザイン　鈴木正道（Suzuki Design）

ISBN978-4-408-55612-3（第二文芸）